I0660335

FABLES ET CONTES.

SE TROUVE AUSSI:

Chez AIMÉ ANDRÉ, quai des augustins;

PONTHIEU, galerie de bois au palais-royal.

IMPRIMERIE DE A. HENRY,

rue cît-le-coeur, n. 8.

Marchais   Litho. de Mantoux rue du Paon N

FABLES ET CONTES

En Vers,

ET DÉDIÉS A MADAME LEFRANC;

PAR UN VIEIL ERMITE

DE LA VALLÉE

D'ENGHIEN-MONTMORENCY.

Paris,

CHEZ RENÉ GANDON, ÉDITEUR,

PLACE DE L'ÉCOLE-DE-MÉDECINE, Nº 1.

*

M DCCC XXVII.

DÉDICACE.

A MADAME LEFRANC.

C'est à vous, Madame, que je dois l'idée d'avoir rempli par quelque occupation le vide que me laissait l'espèce de cécité dont je suis affligé. Alors me livrant à des rêveries, je composai la première de mes Fables, intitulée : *la Mouche et la Fourmi*. Votre indulgente amitié ayant accueilli cet essai, j'osai pénétrer plus avant dans la carrière précédemment exploitée par les Ésope, les Phèdre, les Lokman, les Pilpai et surtout par l'inimitable La Fontaine qui semblait l'avoir épuisée. J'eus cependant le bonheur d'y trouver, à l'aide d'un petit guide clairvoyant, quelques sujets que ces grands maîtres n'avaient point traités : ceux-ci m'en inspirèrent un plus grand nombre qui m'appartiennent; et tout en dissipant, d'après vos conseils, l'ennui qui m'accablait, je suis parvenu à dicter la centaine de Fables ou Contes qui composent ce Recueil. C'est à vous, Madame, que j'en dois la première idée, c'est donc à vous que j'en dois l'hommage; veuillez l'agréer comme un témoignage de ma reconnaissance et des sentimens de l'inaltérable attachement et du respect que vous a voués

LE VIEIL ERMITE

DE LA VALLÉE

D'ENGHEIN-MONTMORENCY.

AVIS DE L'ÉDITEUR.

La concision et la briéveté sont les qualités qu'on exige ordinairement dans les fables ; et, sur ce que je faisais observer au bon vieil Ermite qu'il s'était souvent écarté de cette règle en donnant à la plupart des siennes des développemens qui me paraissaient un peu longs : je connaissais comme vous, me répondit-il, l'opinion générale sur ce genre d'écrits ; mais je ne la crois pas assez mûrement réfléchie. On s'appuie sur l'exemple du Père de l'Apologue, de Phèdre, de Philelphe et des autres anciens fabulistes, mais on oublie les circonstances qui les ont inspirés. Les affaires publiques se traitaient alors dans des assemblées générales composées de toutes les classes du peuple.

La plupart des oreilles étaient sourdes aux arguties de l'éloquence dont on avait appris à se défier. Il fallait donc frapper l'auditoire par quelques traits piquans, courts et faciles à comprendre pour la multitude, tels que les fables de *Cérès*, de l'*Anguille et de l'Hirondelle*, celle du *Dragon à plusieurs têtes* et de celui *à plusieurs queues*, des *Membres et de l'Estomac* et beaucoup d'autres de même origine; mais dans celles de Pilpai, Lokmam et . . . . . . les narrateurs n'étant plus dans la même position et ne s'adressant qu'à un individu, ils n'ont pas hésité à donner à leurs fables tout le développement dont elles avaient besoin pour atteindre leur but. C'est ainsi que j'en ai usé dans celles de mes fables auxquelles on pourra reprocher d'être trop étendues. C'est en général à tous les hommes que je m'adresse, mais plus particulièrement aux enfans et aux jeunes gens. J'ai voulu qu'en me lisant ils pussent converser avec eux-mêmes, les faire passer par tous les degrés qui peuvent les conduire soit au bien soit au mal; j'ai parlé, enfin, comme un vieillard qui a voulu, par des exemples et des conseils, mettre dans la droite voie ceux qui seraient tentés de s'en écarter d'eux-mêmes ou par de mauvais conseils.

Quant à mon style, je l'abandonne à la critique; il est tel que la nature me l'a donné. S'il porte le caractère d'un bon homme, si on y trouve l'expression d'une douce et sage philosophie, c'est tout ce que je désire. Je ne suis point assez fat pour espérer soutenir la comparaison avec l'inimitable La Fontaine, et c'est dans toute la sincérité de mon cœur que j'en ai fait l'aveu dans ma fable de la *Chatte et de la Chienne*. Mais dans tous les arts, dans toutes les sciences, dans tous les talens, il est des nuances plus ou moins prononcées qui ne doivent point décourager ceux qui suivent la même route. La supériorité des Raphaël n'a pas fait tomber le pinceau des mains de cette foule de grands maîtres qui ont parcouru la même carrière dont il avait atteint le but dans un âge où ses imitateurs commençaient à peine à être connus. Et pour ne pas sortir de notre objet, ne lit-on pas avec un grand plaisir les productions de plusieurs fabulistes modernes qui se sont livrés à leurs inspirations sans prétendre atteindre au premier rang dont le bonhomme s'est emparé pour toujours. Parmi ces auteurs, je citerai Florian auquel nous devons des fables charmantes par la fraîcheur, l'élégance et les grâces du style ; mais bien certainement il n'a pas prétendu, dans sa jolie fable de la *Sarcelle et du Lapin*, égaler La Fontaine dans celle du *Corbeau, de la Gazelle, du Rat et de la Tortue*, quoique le fond du sujet soit à peu près le même. J'aurais bien eu quelque chose à répondre, mais mon vieil Ermite me fit signe qu'il était fatigué et n'eut que la force de me dire : « Vous avez mon manuscrit, relisez-le avec at- » tention ; imprimez-le ensuite ou ne l'imprimez » pas, c'est votre affaire. »

Je l'ai relu ce manuscrit, et réflexion faite sur les observations de l'auteur, j'ai pensé que, malgré ses défauts, ce Recueil pourrait plaire à ceux de mes lecteurs qui préfèrent de bons préceptes négligemment donnés, à ceux qui, sous des expressions plus recherchées et plus brillantes, offriraient moins de sages conseils et de saine philosophie.

R. G.

PROLOGUE.

Retiré du grand monde et presque octogénaire,

N'entrevoyant qu'à peine, et ne sachant que faire

Pour dissiper l'ennui d'un repos fatiguant,

J'ai laissé mon esprit errer à l'aventure :

 Il m'a dicté, chemin faisant,

Ces vers que, sans pitié, je livre à la censure ;

 Mais au lecteur je demande pardon,

Si, par malheur, cherchant à me distraire,

Et dans l'obscurité, ne marchant qu'à tâton

Sur le terrain fouillé d'une antique carrière,

J'ai pu heurter quelqu'un du bout de mon bâton.

FABLES ET CONTES

EN VERS.

~~~~~~

FABLE PREMIÈRE.

LA MOUCHE ET LA FOURMI.

————◆————

DE tout un peu la maxime est très-bonne ;
     Mais la suit-on ?
     Hélas ! trop souvent, non.

Dame Fourmi, dès la fin de l'automne,
  Avait rempli son magasin ;
Elle avait pour six mois de quoi vivre à merveille ;
Mais, animal à l'avarice enclin,
   Elle comptait, chaque matin,
Ce que coûtait le vivre de la veille ;
   Chaque matin, elle trouvait
   Que son appétit la volait.

Un grain de moins! grands Dieux! s'écriait-elle,
    Que deviendrai-je à la fin de l'hiver?
A l'instant une Mouche, à légère cervelle,
    Passant par là, jette un sourire amer
Sur la pauvre Fourmi que le chagrin dévore.
— Que te sert d'amasser, dis-moi, sotte pécore,
Si tu n'oses toucher aux fruits de ton grenier?
Puis, c'est de l'avenir prendre un soin inutile;
La Providence est là, veillant sur le reptile
Comme sur l'éléphant; il faut nous y fier.
— C'est fort bien dit, répond la ménagère;
Mais je me garderai de me conduire ainsi;
    La Providence a trop à faire,
    Pour s'occuper d'une Fourmi.
Elle retrancha donc, chaque jour, sa pitance;
La retrancha si bien, qu'au bout de quelque tems,
Les forces lui manquant, faute de subsistance,
Elle ne put gagner le grenier d'abondance,
    Dont le secours eût prolongé ses ans :
    Elle mourut. La Mouche imprévoyante,
        Bourdonnant,
        Voltigeant,
Ne fit qu'en rire, et toujours confiante
En l'avenir, vivait au jour le jour.
L'automne passe et l'hiver a son tour.

Les aquilons, la neige, la froidure,
Se disputent bientôt un reste de verdure.
Le pauvre Moucheron qui n'a pas su bâtir
   Un abri sûr, qui n'a, pour se vêtir,
Que son habit d'été; de grains pas une obole,
Commence à soupçonner qu'il a pris un sot rôle;
   Qu'il eût mieux fait d'imiter la Fourmi,
Non dans son avarice, elle en fut la victime;
Mais dans sa prévoyance, en amassant aussi
De quoi se préserver du besoin qui l'opprime.
   C'était trop tard, ses membres engourdis
Refusent de servir sa débile machine,
Et la faim et le froid ensemble réunis,
A l'envi l'un de l'autre achèvent sa ruine.

   Par trop de soin l'une mourut;
  Faute de soin, l'autre cessa de vivre;
  De nos erreurs qu'on ferait un beau livre!
Mais pour qu'il fût utile, il faudrait qu'on le lût.

FABLE II.

LE BROCHET ET L'ÉCREVISSE.

Ah! grands Dieux! quel glouton! depuis une heure, au plus,
Il a pu dévorer six carpeaux, vingt ablettes,
Sans compter les goujons que je n'aurai pas vus !
Un Brochet excitait ces plaintes indiscrètes
Qu'une sotte Écrevisse assez haut exhalait.
Le glouton, en passant, entendit la commère,
Et loin que ce discours excitât sa colère,
Il s'approche en riant, comme rit un Brochet,
Montrant un ratelier armé de dents aiguës
Qui font trembler de peur la dame aux mains crochues,
Et dont, en ce moment, la langue se glaçait.
— De qui parliez-vous donc, mon aimable voisine?

Quelque hardi voleur, forçant votre cuisine,

Aurait-il enlevé ce qui la garnissait?

   Je le croirais à votre humeur chagrine.

— Moi, Seigneur! je parlais..... peut-être dans mon trou

   Je gémissais, n'ayant ni peu, ni prou

   Pour substanter ma fragile existence;

Je jurais, comme on dit, en prenant patience.

— Non, ce me semble, et j'ai bien entendu,

Vous parliez d'un poisson comme d'un franc goulu;

Ce poisson, c'était moi; mais je vous le pardonne;

   Défaites-vous de cet air interdit;

     J'ai satisfait mon appétit,

Et quand on n'a plus faim, froidement on raisonne.

Que blâmez-vous en moi? de manger des poissons!

Mais ainsi le voulut l'auteur de la nature;

Et vous qui vous mêlez de faire des leçons,

Des insectes, des vers, vous servent de pâture.

   Croyez-vous donc, parce qu'ils sont petits,

Que le mal soit moins grand, les privant de la vie?

Vous seriez dans l'erreur, Écrevisse, ma mie;

La taille n'y fait rien, et chacun vaut son prix;

Le sage n'y met pas la moindre différence.

Tout se mange ici-bas, c'est la commune loi;

Le tems pour tout détruire obtint la préférence,

Et s'en acquitte bien. Adieu; mais, croyez-moi,

Usez à l'avenir d'un peu plus de prudence,
Et méditez cette sentence :

On blâme dans autrui ce qu'on approuve en soi;
Notre intérêt fait notre conscience.

FABLE III.

LE POÈTE ET LA SAUTERELLE.

L'ESPRIT préoccupé d'une Fable nouvelle,
J'allais à travers champs, lorsqu'une Sauterelle
Vint se précipiter sous mes pas incertains.
  A demi morte, hélas ! s'écria-t-elle,
Mon sort était inscrit au livre des destins ;
Je voulais éviter la couleuvre ennemie,
Et j'ai trouvé la mort où je cherchais la vie ;
— De grâce, achève-moi, que je ne souffre plus ;
— J'aurais, pour la sauver, pris des soins superflus.

Il en arrive ainsi parmi la race humaine ;
Combien de malheureux qu'un fol espoir trompa ;
Après de vains efforts pour alléger leur chaîne
  Sont retombés de Carybde en Scylla !

FABLE IV.

LA CLOCHETTE.

C'est moi, disait une Clochette,
qui règle tout en ce logis.
J'éveille les valets surpris
D'être tirés de leur couchette,
Lorsqu'à peine ils sont endormis.
Les ouvriers viennent ensuite ;
Je les appelle à l'atelier
Et les rappelle du chantier,
Et, cette fois, ils partent vite.
Ne croyez pas que j'en sois quitte :
J'indique encore le déjeuner,
Puis le couvert, puis le dîner
Des maîtres, et des gens à gages.
Survient-il quelques équipages ?

Je tinte alors pour avertir,

    Enfin, c'est à n'en point finir.

— Tais-toi, lui dit un Chat sortant de sa cachette,

Sans la main qui te meut, tu resterais muette;

Rien ne sort de ton chef, tu ne fais qu'obéir ;

      Sois donc, à l'avenir,

    Moins orgueilleuse et plus discrète.

Tel se dit hardiment l'auteur d'un bon projet,

Qui n'a fait que le lire en le mettant au net.

FABLE V.

LE COCHER, SON CARROSSE ET SES CHEVAUX.

Du fouet et de la voix un malheureux Cocher
Excitait, mais en vain, deux maigres haridelles
Se soutenant à peine, et ne pouvant marcher.
 Eh quoi! dit-il, se plaçant devant elles,
Allons-nous donc rester aux trois quarts du chemin,
Quand avec cinq cents pas nous en verrions la fin?
Comme il parlait encore, une soupente casse,
Ainsi que les Chevaux de servir étant lasse.
Les voyageurs froissés du choc qu'ils ont reçu,
Descendent en jurant, et donnent un écu,
 Moitié du prix convenu pour la course.
Le Cocher tout chagrin, en refermant sa bourse,
S'en prend à ses chevaux qu'il s'apprête à rosser.
— Ceux-ci de s'écrier : Maître, c'est la soupente,

Et non pas nous, qu'il vous faut accuser.

— Ce serait mal agir ; car je suis innocente,
   Dit celle-ci : nous n'avons, vous et moi,
     D'autre tort en cette aventure,
Que d'être vieux, trop vieux ; nous cédons à la loi
     Qui régit toute la nature.
Jeunes, nous avons eu chacun notre bon tems ;
J'ai suspendu jadis un brillant équipage.

— Et nous, dit un Cheval, il s'est passé vingt ans,
Depuis que nous formions le plus bel attelage
Qu'on eût appareillé ; nous les effacions tous ;
On courait pour nous voir, pour voir nymphe jolie
Que notre maître, alors le plus fieffé des fous,
Sur de nombreux rivaux avait surenchérie.
   Le reste était à l'avenant,
  Meubles de prix, superbe appartement :
Il fallait que d'argent il eût de pleines tonnes,
Pour donner, chaque jour, festin, bal ou concert ;
Et, si l'on n'y comptait au moins deux cents personnes,
On se disait tout bas : le salon est désert.
   Mais un beau soir qu'on chantait à merveille,
  Certain quidam vint parler à l'oreille
De notre beau Monsieur qui tout à coup pâlit,
Et, sans dire un seul mot, tristement le suivit.
Surpris, on se regarde, on s'interroge, on glose,

Et de l'évènement chacun voit bien la cause ;

Mais de ces bons amis, pas un, le lendemain,

Ne s'enquit des motifs d'un départ si soudain.

Les valets ont bien su se payer de leurs gages ;

Les meubles, les chevaux, les brillans équipages,

Les bijoux, les tableaux, tout fut saisi, vendu ;

Quant au maître, Dieu sait ce qu'il est devenu.

Je tiens tous ces détails d'un garçon d'écurie

Qui les avait appris des gens de la maison ;

Ces messieurs rassemblaient tous les traits de folie

Qu'on pouvait reprocher au malheureux patron ;

    Longue en était la litanie.

— Et moi, dit le Cabat, tel que vous me voyez,

    J'ai fait aussi quelque figure ;

    Et le plaisant de l'aventure,

C'est que le fou, que vous me dépeignez,

Était mon maître, et j'étais la voiture

Qui transportait cuisiniers et valets,

Quand monsieur d'Outremont se rendait à sa terre.

A ces mots, le Cocher fait deux pas en arrière,

    Puis ouvrant des yeux stupéfaits,

Reconnaît ses chevaux, le Cabat tout ensemble,

    Malgré le ravage des ans.

— Oh ciel ! s'écria-t-il, quel hasard nous rassemble !

Que de regrets amers, que de remords cuisans

En ce moment il me rappelle !

Oui, j'étais fou vraiment, et vous l'avez bien dit;

J'aurais pu vivre heureux ; mais ma sotte cervelle,

Sourde à tous bons conseils, pas à pas m'a conduit

   Au triste état où je me vois réduit.

Pour vous, mes vieux amis, vous êtes moins à plaindre,

Vous n'avez pas causé votre sort rigoureux ;

A fuir, à vous cacher, rien n'a pu vous contraindre ;

Tandis qu'expatrié, poursuivi, malheureux,

Sans talens, sans métier, n'ayant plus rien à vendre,

De mon pays natal n'osant plus approcher,

   Mourant de faim, trop faible pour me pendre,

J'aimais fort les chevaux, je me suis fait cocher.

Lecteurs, ne prenez point ceci pour une fable,

A la parole près que je prête aux acteurs :

Le héros du roman, après de longs malheurs,

De sa folle conduite effet inévitable,

Sur le siége d'un fiacre a vu couler ses pleurs.

FABLE VI.

LE DIAMANT.

Un gros caillou, depuis quelques mille ans,
Gisait très-ignoré sur les rives du Gange ;
   Plus d'à moitié couvert de fange,
    Il eût pu rester là long-tems.
Mais le Hasard, qui toujours se promène
  D'un pôle à l'autre, et sans route certaine,
Vint diriger les pas d'un rodeur curieux
Jusque sur ce Caillou qu'il heurte et qui l'arrête.
· Grands Dieux, dit-il, en y portant les yeux,
   Quel heureux sort ce Diamant m'apprête!
  Si mon bonheur veut qu'il soit sans défaut :
Il l'était en effet, et du prix le plus haut.
  L'occasion et l'art du lapidaire

Ont tiré ce Caillou de son obscurité;

Le mérite souvent a besoin d'être aidé,

Pour planer au-dessus de la classe vulgaire.

~~~~~~

FABLE VII.

LE HÉRISSON, LE CHIEN ET LA TORTUE.

Un Hérisson, un Chien, une Tortue,

Amis depuis long-tems, conçurent le projet

De voyager ensemble, et pendant le trajet,

Pour en bannir l'ennui, chacun d'eux s'évertue.

Le Chien bien plus instruit, et partant plus bavard,

Racontait comme quoi, sa très-digne maîtresse,

Se plaisait à donner à son valet Guillot,

Joli garçon qui n'était pas un sot,

Maintes leçons de politesse.

De son côté, Monsieur endoctrinait

La petite Suzon, gentille chambrière;

Mais celle-ci faisait la fière,

Ne voulait rien apprendre, et toujours s'enfuyait

En menaçant de tout dire à Madame;

Mais je crois bien qu'au fond de l'âme,

Elle était disposée à garder le secret.

La tortue, à son tour, aurait pris la parole;

Mais c'eût été pour elle un trop pénible rôle;

On sait que son gosier a peine à rendre un son.

Le chien alors s'adresse au hérisson :

—Allons, mon camarade, il nous faut une histoire,

Bien que tu sois hermite, il est aisé de croire

Qu'il a dû se passer, et cela sous tes yeux,

Plus d'un événement plaisant ou sérieux.

—Sans doute, et bien plus d'un. Comme il ouvrait la bouche

Pour commencer, saisi par la frayeur,

Il s'arrête, se tait, reste comme une souche.

Le chien cherche aussitôt la cause de sa peur,

Et découvre un lion à travers le feuillage.

Son regard est sinistre, il s'avance à pas lents.

Mes amis, dit Rustaut, ne perdons pas courage,

Je vais le voir venir, j'ai d'assez bonnes dents,

Et dans plus d'un combat j'emportai la victoire;

Je ne m'en flatte pas avec un ennemi

De la taille de celui-ci;

Mais d'être l'assaillant j'aurai du moins la gloire;

Qui sait si le hasard ne vous fournira pas

Le moyen de m'aider dans ce dangereux cas?

Le voici; cachez-vous, le reste est mon affaire.

2

A ces mots il s'élance, et va droit au lion

Qu'il franchit d'un plein saut ; puis se tenant derrière,

Le force à se tourner. Notre adroit champion

Qui guettait ce moment, se pend à sa crinière,

Le saisit à la gorge et le couche par terre.

Le Hérisson voyant le lion abattu,

S'enhardit et s'avance, en cherchant dans sa tête,

S'il ne peut pas du Chien assurer la conquête

S'immolant s'il le faut ; l'y voilà résolu ;

La grandeur du péril n'a rien qui l'épouvante,

Il saura bien mourir s'il manque son projet.

Le lion agitait sa gueule menaçante,

Mais sans pouvoir atteindre au Chien qui l'étranglait.

En nouveau Curtius, le Hérisson alerte,

Saisissant le moment où, la gueule entr'ouverte,

L'ennemi frappait l'air d'un long rugissement,

S'y plonge, s'arrondit et dresse au même instant,

De ses dards acérés les pointes déchirantes.

Le lion ne peut plus se servir de ses dents.

Rustaut s'est garanti de ses griffes tranchantes ;

      Mais il reçoit de tems en tems

De cruels coups de queue, et sa force s'épuise ;

Sans risque cependant, il ne peut lâcher prise.

Mais la Tortue est là qui, voulant prendre part

Au danger comme au gain d'une telle bataille,

Se joint à ses amis, et, grâce à son écaille,

Bravant les coups de queue adressés au hasard,

    Elle parvient à saisir la seule arme

Qui restait au lion; cédant à la douleur,

Il succombe, et Rustaut est proclamé vainqueur.

— Je le savais, dit-il, malheur à qui s'alarme

A l'aspect du danger! Si la peur nous eût pris,

Nous étions tous perdus. C'est à vous, mes amis,

A votre dévouement que je dois la victoire;

Et je ne veux ici que ma part de la gloire.

Le hardi Hérisson qui, sans être blessé,

    Ne se trouve qu'un peu froissé

    Sort triomphant de l'antre redoutable

Dont il connaissait bien, et brava le danger;

La fortune à l'audace est toujours favorable.

Il est couvert de sang; mais d'un sang étranger.

Rustaut a bien reçu quelques égratignures,

Mais un vainqueur jamais compta-t-il ses blessures?

    Grands et petits, faibles et forts,

Dans la société chaque membre est utile;

Ils sauront repousser toute action hostile,

Si l'intérêt commun réunit leurs efforts.

FABLE VIII.

LA LOUPE ET LE MIROIR.

La Loupe et le Miroir disputaient certain jour
Sur la prééminence, et chacun, à son tour,
Prétendait l'emporter sur son antagoniste.
Je suis fidèle moi, s'écriait le Miroir,
Et je rends les objets tels que l'œil peut les voir;
On me cite toujours pour le meilleur copiste.
— Tu mens; car tu les peins toujours bien plus petits
Qu'ils ne sont en effet. — Et toi, tu les grossis.
— D'accord; mais entre nous grande est la différence;
On aime à tout grossir, ses talens, sa finance,
Et les défauts d'autrui; c'est la loupe en ces cas
Qu'on se met sous les yeux; tu vois qu'en conscience,
　　Tu ne dois plus me disputer le pas.

FABLE IX.

LE FURET.

Un Furet projetant de traiter ses amis,
Et désirant surtout leur faire bonne chère,
Lapereaux, se dit-il, sont leur mets ordinaire;
Quelque poulet bien gras, des pigeonneaux choisis,
En les régalant mieux feraient bien mon affaire.
Qui cherche, trouvera... parcourons le pays.
Le voilà donc en quête, et par bonne fortune,
Au moins le croyait-il; car l'espoir décevant,
Fait que ce qu'on désire, on le croit aisément;
    Il aperçoit au clair de lune,
    Que la porte d'un poulailler
   Étant déjà par le tems mutilée,
Il pourra, sans avoir beaucoup à travailler,
Préparer un passage à sa taille effilée;

A l'aide de ses dents il fait bientôt un trou ,

Passe la tête et puis le cou,

L'y voilà tout entier ; le voleur plein de joie

Sans perdre tems , choisit sa proie;

Mais c'est en vain qu'il veut se retirer,

L'étroit passage s'y refuse;

Notre Furet a beau virer,

Tourner, pousser, user de ruse ,

Jamais poulet ne passera,

Tant qu'en travers on le présentera.

Les coqs ont cependant jeté le cri d'alarme,

Et les chiens réveillés augmentent le vacarme.

Dans ce danger pressant que fait notre larron?

Il pense qu'en prenant la bête,

Soit par les pieds, soit par la tête,

Et la tirant à reculon,

Il pourra sauver sa conquête.

Aussitôt dit, aussitôt fait,

Et bientôt le malin furet.

Au poulet fait passer la porte.

Oh! oh! dit à part soi, le cupide assassin,

Puisqu'en m'y prenant de la sorte,

Le passage est facile, ajoutons au festin

Un pigeonneau, c'est chair très-délicate.

Il rentre, en saisit un, et tandis qu'il se flatte

D'avoir fait un bon coup, un vigilant Argus,

   Vrai descendant de feu Rodilardus,

Attiré par le bruit, arrive, voit et croque

La proie et le voleur dont il rit et se moque.

   Souvent ainsi périt l'ambitieux

   Perdant le bien sans atteindre le mieux.

~~~~~~

FABLE X.

IL S'EST PENDU.

COMMENT pendu ! la chose est incroyable :
Anseaume est riche, et sa femme est aimable ;
Il chérit ses enfans... quel chagrin inconnu ?...
— Il s'est pendu, vous dis-je ; on voit par la fenêtre
La moitié de son corps au cordeau suspendu,
Sa tête est inclinée, et j'y vois clair peut-être.
Non, ma voisine, non ; mon œil n'a point failli,
Et je cours de ce pas avertir le bailli.
La nouvelle bientôt se répand, se propage,
Et l'on voit arriver tous les gens du village.
La lucarne est l'objet des regards curieux,
On chuchotte à l'oreille, on jase à qui mieux mieux.

    On interprète, on glose
    Et sur l'effet et sur la cause ;

Car c'est bien lui, chacun le reconnaît,

Et reconnaît l'habit que la veille il portait.

Le magistrat requis, essoufflé, fend la presse ;

   Son petit clerc à grand' peine le suit,

   Car ce cas grave à la fois intéresse

     Et leur devoir et leur profit.

On enfonce la porte, et la foule béante

Monte jusqu'au grenier ; quel objet se présente !

Un habit-étendu sur un porte-manteau,

Ou plus exactement sur un bout de cerceau ;

   Le tout coiffé d'une perruque grise.

On ne s'attendait pas à pareille surprise,

Et tout le monde en rit hors la tabellion,

Qui ne trouvait son compte en cette occasion.

   Combien de nouvelles semblables,

Font courir de badeaux en province, à Paris,

   Tant la plus absurbe des fables,

Est sûre de trouver de crédules esprits.

FABLE XI.

L'ANANAS ET LE CHOU.

RETIREZ-VOUS au loin, votre odeur m'importune,
Disait un Ananas à des Choux ses voisins :
  Il vous sied bien, race vile et commune,
D'oser vous approcher de l'honneur des jardins !
Manans, ignorez-vous qu'il n'est point de festins
Que l'on puisse citer, si je n'y tiens ma place?
Ignorez-vous les soins qu'on prend de mes destins?
Logez-vous comme moi dans un palais de glace?
— Que prouve tout cela? lui répondit un Chou
Dont ce discours hautain échauffait les oreilles.
  Croyez-vous donc, pour venir du Pérou,
  Qu'on va vous mettre au rang des sept merveilles?
Vous brillez, dites-vous, sur la table des grands !
Nous y sommes placés, et même aux premiers rangs.

L'appétit languissant à notre aspect s'éveille,

Le myope inquiet, dit tout bas à l'oreille

De son voisin... Pardon, ne vois-je pas des choux?

Des choux! dit un second, demandez-en pour nous;

Et quelque grand qu'il soit, le plat se trouve vide,

Quand il attire encor plus d'un regard avide.

Voilà le vrai mérite, et non la rareté;

Fais ton profit, crois-moi, de cette vérité.

Tandis qu'ils discouraient sur la prééminence,

Le maître du château, victime du hasard,

Ayant joué, perdu jusqu'à son dernier liard,

Avait vendu ses biens, sa maison de plaisance

     Pour s'acquitter; et dans sa triste chance,

Il ne lui restait plus que la Seine ou le hart.

Le nouvel acquéreur, homme prudent et sage,

Qui par de longs travaux avait acquis son bien,

En connaissait le prix, en faisait bon usage,

    Visitant tout et ne négligeant rien,

    Vint à passer devant le grand vitrage;

Argent bien employé! dit-il en plaisantant.

Combien peut rapporter ce frêle bâtiment?

—Rapporter! dit Germain, directeur de la serre,

Des raretés sans prix : Monsieur ne voit-il pas

Outre maints arbrisseaux, de très-beaux Ananas?

Des fleurs de tous pays comme on n'en trouve guère,

Même chez les plus grands seigneurs?

— Est-ce tout? Par ma foi, tu me la bailles bonne

Avec tes arbrisseaux, tes Ananas, tes fleurs ;

N'avons-nous pas l'iris, la rose, l'anémone,

Le jasmin, le lilas, la jacinthe, l'œillet, -

La tubéreuse, le muguet,

Et, pour tout dire enfin, mille autres dons de Flore,

Que la riche nature enfante et fait éclore

Dans nos climats, sans qu'il nous soit besoin

D'étuves, de fourneaux exigeant tant de soin?

Allez chercher ailleurs, monsieur le botaniste,

Quelqu'un qui, plus que moi, prise votre talent ;

Car à mes yeux, le plus simple herboriste,

Bien plus utile, est d'un prix bien plus grand.

Puis aussitôt se retournant

Vers Gros-Jean, directeur des plantes potagères

Et des arbres fruitiers, tous objets nécessaires,

Venant à point par les soins diligens

De ce bon jardinier qu'avait formé le tems :

Que t'en semble, dit-il, le regardant en face?

— S'il faut vous parler net, j'en fais très-peu de cas ;

Ils coûtent tant de frais, de peines, d'embarras,

Qu'en vérité, Monsieur, étant à votre place,

Je mettrais tôt à bas, et châssis et vitreaux,

Et les remplacerais par un plant d'artichauts.

Chacun vante son saint, dit un ancien adage;
Mais le maître voyant des pleurs sur le visage
De Germain consterné, tandis que Gros-Jean rit :
— Console-toi, dit-il, tu penses que ma serre
Renferme des trésors; vends-les à ton profit,
   Je te la donne et tout ce qu'elle enserre.
L'Ananas, tout honteux de se voir méprisé,
Ne fut pas même admis aux honneurs de la table;
Le Chou, tout au contraire, y fut très-bien placé :
Le maître préférait l'utile à l'agréable.

FABLE XII.

LA TORTUE ET LE CHIEN.

UNE Tortue, un Chien, commensaux d'un logis,
Réunis depuis peu, causaient un jour ensemble.
Je voudrais, dit le Chien, connaître le pays
Qui vous donna le jour, quel hasard nous rassemble?
Est-ce coquetterie ou curiosité?
L'un ou l'autre, à mon gré, ne serait pas de mise;
Vous profiteriez peu d'un projet hasardé;
Car à vous parler net, excusez ma franchise,
L'ensemble de vos traits ne sera pas goûté.
On rira, croyez-moi, de votre lente allure,
De votre dos voûté, de vos pieds contrefaits,
Et l'on critiquera jusqu'à votre figure,
Qui, soit dit entre nous, est de sinistre augure,
Et ne peut s'attirer des regards satisfaits.

Quant à moi, vous voyez, sans trop m'en faire accroire,

Que si je suis choyé, bien nourri, bien fêté,

C'est qu'outre mes talens (tout autre en ferait gloire),

Dans mes yeux expressifs respire la gaîté ;

On me cite partout pour ma fidélité,

    Ma souplesse, ma vigilance ;

J'accueille les amis, j'écarte les passans,

    Et par ma rare intelligence,

Je surpasse Cerbère, on le dit hautement.

    Ce chien, sans doute, avait de la mémoire ;

Il avait entendu monsieur le précepteur

Parler dans ses leçons de fables et d'histoire,

Et, dans l'occasion, savait s'en faire honneur.

— Tout beau, lui repartit l'étrangère encroûtée,

Que ce pompeux récit n'avait pas trop flattée :

Je suis laide à vos yeux, mais qui vous dit qu'aux miens

    Vous soyez mieux qu'une tortue ?

    Vous êtes beau comme le sont les chiens.

    Croyez-vous donc que votre peau velue,

L'emporte sur l'écaille à l'abri de la dent

    Du crocodile et du serpent,

    Dont la nature m'a pourvue ?

Je ne troquerais pas, et j'en fais le serment.

Si votre agilité ne fut pas mon partage,

    Dès en naissant j'appris à m'en passer ;

Quant au babil, si tel en est l'usage,

Je ne vois pas qu'on doive le priser;

Trouvez bon qu'à mon tour je parle avec franchise :

Vous vous targuez d'attraits dont je fais peu de cas;

A vos devoirs je ne suis point soumise,

Je vais où bon me semble, on ne m'enchaîne pas,

Et pour finir, je vois qu'en somme,

Vous n'avez retenu de l'homme

Que l'orgueil et la vanité;

Le troc est-il heureux contre la liberté?

FABLE XIII.

LE VIEILLARD ET LES TISONS.

HEUREUX, trois fois heureux, le mortel assez sage
Pour borner ses désirs à cultiver ses champs,
A greffer un fruit doux sur le prunier sauvage,
A savourer la fleur qu'entr'ouvre le printems.
La vie est pour lui seul un beau jour sans nuage,
Et la mort un asile offert à ses vieux ans.
Sans trouble il s'y prépare, elle est inévitable,
Il le sait, se le dit à chaque instant du jour,
Et si les maux que l'âge amène tour à tour
N'arrivent qu'à pas lents, hôte toujours affable,
   Il les reçoit et loin d'en murmurer,
Il rend grâce au destin s'il peut les endurer

Pendant plus d'une aurore;

Car les sentir c'est vivre encore.

La nuit, lorsqu'il se livre aux douceurs du sommeil,

Il s'endort sans compter sur un nouveau réveil,

Se confiant au Dieu qu'en son cœur il adore.

Ce mortel existait : dans son humble manoir,

Dont il avait banni le luxe et la mollesse,

La sombre ambition, les transes de l'espoir,

Pour n'y loger que la sagesse,

Il cultivait en paix les arts consolateurs,

Causait avec Montaigne, Horace ou La Bruyère,

Lisait pour s'égayer La Fontaine ou Molière,

Cherchait de la nature à rendre les couleurs,

Dérobait quelques vers à la muse d'Ésope;

Et préférant le calme et la tranquillité

Aux turbulens plaisirs de la société,

Il voyait peu d'amis sans être Misanthrope,

Et trouvait le bonheur à vivre en liberté.

Un jour d'hiver que les vents faisaient rage,

Quelques tisons, l'un par l'autre excités,

Réchauffaient le vieillard qui leur tint ce langage :

Beaux arbres autrefois que mes mains ont plantés,

Je vous ai vus, au printems de votre âge,

Parés et fiers du plus brillant feuillage

Qu'enrichissaient des fruits délicieux;

Et lorsque fatigué des soins du jardinage,

Un doux sommeil venait presser mes yeux,

Vous me prêtiez l'abri de votre frais ombrage

Contre les traits brûlans de l'astre radieux.

Tout change, hélas! sous la voûte des cieux;

Le Tems, ce destructeur actif, infatigable,

Vint appeler sur vous la hache impitoyable;

Et de vos fronts chenus, de vos rameaux trop vieux,

Je vous ai vus joncher et sillonner le sable;

Non sans vous adresser de pénibles adieux.

A pareil sort je dois bientôt m'attendre;

Mais en vous, je le vois, tout, jusqu'à votre cendre,

Semble avoir été fait pour notre utilité;

Tandis qu'en un cercueil, où s'éteint sa fierté,

L'homme ne laisse plus de sa grandeur première

Qu'un peu de boue ou de poussière.

Je ne tarderai pas; la voix de mes aïeux,

Mes membres engourdis, mes oreilles, mes yeux

M'annoncent qu'avant peu j'atteindrai la barrière

Que le destin a mise au bout de ma carrière;

Le plus tard, à mon gré, serait pourtant le mieux.

Mais puisque, tôt ou tard, il faut que je succombe

Sous l'immuable loi qui régit l'univers,

Puissé-je mériter qu'on grave sur ma tombe

Ces quatre vers : –

Ci-gît un honnête homme, aimé sans être aimable,

Qui travailla beaucoup et ne fit presque rien ;

Passant, qui que tu sois, mécréant ou chrétien,

Puissés-tu pour ami rencontrer son semblable.

FABLE XIV.

L'OCULISTE ET LA TAUPE.

Un habile Oculiste, en rêvant à son art,
Traversait lentement une verte prairie ;
    Quand à ses yeux se montre par hasard
      Une Taupe cherchant sa vie.
    Pauvre animal, dit-il en s'approchant,
Tu ne vis qu'à moitié, privé de la lumière ;
    Si tu voulais user de mon talent,
    Je suis certain qu'en ouvrant ta paupière,
Je te ferais jouir de la clarté du jour ;
Je borne, à t'obliger, mon unique salaire.
— Grand merci, cher Docteur, dit la Taupe à son tour ;
Mais, en me soupçonnant pleinement dépourvue
De cet utile sens que vous nommez la vue,
    Vous êtes dans l'erreur comme beaucoup de gens,

Qui jugent tout sur l'apparence.

Mes yeux sont très-petits ; mais de mille accidens

Les sachant garantis, je marche en assurance :

J'y vois clair, assez clair ; car je trouve au besoin

  Le chemin de ma taupinière ;

A quoi me servirait de voir d'un peu plus loin ?

Que de Taupes chez nous, repoussant la lumière,

  Ferment l'oreille à tout raisonnement ;

  Il leur suffit d'entrevoir seulement,

   Pour refuser qu'on les éclaire !

FABLE XV.

LES DEUX LOUPS ET L'ANON.

Un âne était malade et touchait à sa fin ;
Chacun le regrettait tant il était bénin,
    Tant était douce son allure ;
Il n'était point d'enfant qui n'eût monté Martin.
Instruits de son état, deux Loups cherchant pâture,
    D'accord entr'eux sur un partage égal,
Conçurent le projet d'étrangler l'animal,
Et d'en traîner le corps loin de son écurie.
S'étant bien concertés, ils vont droit au logis
Du pauvre moribond ; mais y trouvant son fils :
Nous avons, dit l'un d'eux, traversant la prairie,
Appris l'état fâcheux de notre vieil ami,
Et nous venons le voir. — C'est prendre trop de peine,
    Leur répondit l'Anon ; la fin de la semaine

Ne se passera point qu'il ne soit, Dieu merci,

Dispos, et mieux portant que ne voudraient peut-être

Certains mangeurs de gens qui sont très-près d'ici;

    Et cela dit, il ferme la fenêtre

Sur le nez des deux Loups qui s'en vont tout honteux

D'avoir vu qu'un Anon était aussi fin qu'eux.

~~~~~~

FABLE XVI.

LE TESTAMENT D'UN ROI.

———

amais un Roi ne ment : La Fontaine l'a dit,
    Et d'ailleurs le fait est notoire.
ependant j'ai trouvé beaucoup de gens d'esprit
      Qui se refusaient à le croire.
      Voyons s'ils croiront celui-ci,
Qui de sa propre main écrivit son histoire ;
      Elle est très-courte, et la voici
elle qu'elle est transcrite au temple de Mémoire :
n montant sur le trône où régnaient mes aïeux,
e premier de mes soins fut de prier les Dieux
      De guider ma faible jeunesse
      Par les leçons de la sagesse :

Les Dieux m'ont écouté.

J'écartai des flatteurs la troupe mercenaire,
    Et j'accueillis la vérité;
Chacun pouvait la dire en toute sûreté,
    Sans jamais craindre de déplaire.

Si, par un zèle aveugle, un esprit emporté,
Dans un écrit fougueux dépassait la limite,
Que plaça l'intérêt de la société,
On ne sévissait point : l'auteur en était quitte
    Pour voir son livre rejeté.

De vieillards éclairés la longue expérience
Dirigeait mon conseil; je dois à leur prudence
    Tout le peu de bien que j'ai fait.

La douce égalité, ce céleste bienfait,
Trouvait un libre accès auprès de la justice
Qui, sourde à la faveur, ne fut jamais propice
Qu'à celui dont les droits étaient bien reconnus;
Du talent oratoire on défendait l'abus.

Les impôts répartis sans aucun privilége
Paraissaient plus légers : d'une commune voix,
Les frauder, c'eût été commettre un sacrilége,
    Tant le respect était grand pour les lois.

Je voulus qu'au théâtre un critique sévère,
Par la main d'un censeur n'étant pas retenu,
Pût châtier le vice, exalter la vertu,

Et semer dans les cœurs son germe salutaire.

J'encourageai surtout les sciences, les arts,

    Le commerce et l'agriculture.

J'achetais les secrets que par d'heureux hasards

    On dérobait à la nature.

Mes vieillards, car j'aimais à causer avec eux,

Me répétant toujours qu'un enfant vicieux

S'autorisait souvent des vices de son père,

Je reconnus le but de l'avis salutaire,

Et me gardai d'offrir l'exemple scandaleux

    D'un criminel et public adultère,

Réprouvé de tout tems par les lois et les Dieux.

Je ne sondai jamais le fond des consciences ;

Cet asile sacré ne s'ouvre point aux Rois

Qui n'ont droit d'exiger qu'obéissance aux lois.

Les miennes ont toujours respecté les croyances ;

Chacun de mes sujets, au temple de son choix

Se rendait librement, en payait les dépenses.

Jamais d'un conquérant les désastreux projets,

En flattant mon orgueil, ne m'ont vu leur sourire,

Et j'aurais dédaigné le plus puissant empire

Qu'il m'eût fallu payer du sang de mes sujets.

    S'ils sont heureux, heureux moi-même,

  Sans nul regret, je descends au tombeau ;

Mais je laisse à mon fils un pénible fardeau ;

Car c'en est un qu'un diadême.

Il est fâcheux qu'on ait omis le nom
Et le pays d'un monarque aussi bon.

FABLE XVII.

LE ZÈBRE, LE SINGE ET LE CHIEN.

N Zèbre, un Singe, un Chien, savans dans leur espèce,
ausant un jour ensemble, il leur vint à l'esprit
'associer entr'eux leurs talens, leur adresse,
ans l'espoir d'en tirer un plus ample profit.
'avis est adopté d'une voix unanime;
t dans un bon repas, que la franchise anime,
n fixe le départ au lendemain matin.
 la pointe du jour on se met en chemin;
omme étant le plus fort, le Zèbre porte en croupe
e Singe, la valise et l'utile instrument
our appeler la foule au spectacle ambulant.
e Chien ouvre la marche et précède la troupe.
arvenus dans cet ordre au village prochain,
riffon, en aboyant, met les autres en train,

Et chacun d'accourir aussitôt à sa porte

Pour connaître l'objet d'une clameur si forte.

Le Zèbre les étonne, et Bertrand, à son tour,

Les étonne bien plus en battant du tambour.

Ce n'était rien encore, avec un air d'aisance,

Le Singe saute à bas, fait une révérence,

    Et s'adressant aux spectateurs :

Vous voyez, leur dit-il, ces fameux voyageurs

Qui trois fois en leur vie ont fait le tour du monde ;

Était-ce pour chercher de l'or, des diamans?

    Non, Messieurs, non; mais des médicamens

Inconnus, souverains, et qu'on trouve à Golconde,

A la Chine, au Pérou, dans l'île de Cuba,

Et bien plus loin encore, au Monomotapa.

Avant de vous offrir ces précieux remèdes,

Nous allons vous donner de petits intermèdes.

Chacun d'eux, à son tour, déployant ses talens,

Passe au moins pour sorcier aux yeux des assistans

Qu'étonnent leur adresse et leur intelligence.

Bertrand saisit l'instant, présente le chapeau,

    Et la monnaie y pleut en abondance.

Vous êtes généreuse honorable assistance,

Et nous aussi, dit-il : par ce rare cadeau

Je veux vous témoigner notre reconnaissance.

Ce divin élixir!..... je le donne pour rien ;

Vous paierez seulement ce que coûte la fiole.

      Vous demandez combien?

      Eh, c'est une babiole,

      La pièce de cinq sous ;

A ce modique prix, serait-il parmi vous,

Quelqu'un qui ne voulût posséder un remède

Auquel depuis dix ans il n'est mal qui ne cède ;

Soit qu'on le prenne à jeun, le soir ou le matin,

Sa puissance est la même et son effet certain.

Chacun veut profiter de cette bonne aubaine ;

Le fond de la valise est bientôt épuisé,

Et nos trois compagnons partent la bourse pleine,

Joyeux du prompt succès de leur société.

Ils poursuivent leur route, et le destin prospère

Les servant à souhait, ils ont bientôt triplé,

Même avec agrément, la recette ordinaire

Que chacun d'eux faisait travaillant isolé.

FABLE XVIII.

LE SINGE D'UN ALCHIMISTE.

Un Singe avait pour maître un certain Alchimiste,
Qui la nuit et le jour soufflait et ressoufflait,
Poursuivait sans repos le grand œuvre à la piste,
Et dans son fol espoir toujours se fourvoyait.
Il fallait voir alors, dans sa fureur extrême,
   Comme il brisait et creusets et fourneaux,
   Jurant, pestant contre eux, contre lui-même,
Sans pourtant renoncer à des essais nouveaux.
Bertrand venait alors, par quelque tour d'adresse,
Adoucir son humeur, dissiper sa tristesse;
Car ce Singe, en talens, n'avait point de rivaux :
Aussi le choyait-on comme on fait sa maîtresse.
   Un jour que notre homme sortit
   Pour quelque emplette ou pour toute autre affaire,

Car le pourquoi n'importe guère,

Bertrand, se trouvant seul, il lui vint à l'esprit

  De répéter ce qu'il avait vu faire

  A son patron, pour allumer ses feux.

Celui-ci, quelquefois, à l'aide d'une loupe,

Empruntait au soleil des rayons lumineux,

   Qu'il rassemblait sur de l'étoupe,

   Ou sur quelques corps sulfureux.

Bertrand avait bien vu comment faisait son maître;

Fidèle imitateur, il ouvre la fenêtre,

Et la loupe à la patte, ou si l'on veut en main,

Dirige son foyer sur un sac de salpêtre

    Qui, détonnant soudain,

Aveugle l'imprudent, et ruine son maître.

Ce Singe nous apprend que, pour bien imiter,

Il faut connaître à fond l'esprit de son modèle,

Ce qu'on peut en saisir, ce qu'il faut éviter.

Le copiste ignorant, aisément se décèle.

FABLE XIX.

LE PERROQUET ET LA STATUE.

Un Perroquet, dans sa cage dorée,
  Faisait l'ornement d'un salon;
On s'amusait de la manière aisée
  Dont il débitait son jargon,
Tendait le bec, la patte, étalait son plumage.
L'oiseau trop adulé croit être un personnage;
  Que, pour lui seul, on vient à la maison;
  Mais le hasard le fit changer de ton.
Le maître du logis était un antiquaire
Amateur éclairé, n'estimant que le beau,
  Comptant pour peu le nom d'un statuaire;
    Ou, s'il s'agissait d'un tableau,
  Qu'il fût produit par tel ou tel pinceau,
  Le bien juger faisait sa seule affaire.

Or, un beau jour, fouillant dans un parterre,

Son jardinier découvrit un caveau,

Au fond duquel était une Statue

La plus parfaite qu'on eût vue.

L'amateur averti n'en peut croire ses yeux,

Son bonheur est complet. Ce morceau précieux,

Qu'il possédera seul, excitera l'envie,

Le désespoir, la jalousie

De ses rivaux : jouissance de plus.

Cette Statue était une Vénus

Du meilleur tems de Praxitèle,

Et qui servit, sans doute, aux autres de modèle.

On la transporte, on la place au salon

Sur un socle de marbre entouré d'un balcon.

De curieux une foule empressée

Accourt pour admirer ce chef-d'œuvre de l'art ;

Et de don Perroquet la cage délaissée

N'attire plus un seul regard.

Sa vanité s'en trouvant offensée,

Ces gens, dit-il, sont fous : qu'a donc de merveilleux

Cet insipide objet pour fixer tous les yeux ?

A-t-il dit un seul mot ? a-t-il par un sourire

Encouragé ses sots admirateurs ?

Les aurait-il séduits par ses pâles couleurs ?

Quant à moi je n'y vois qu'une image de cire.

Combien de gens comme ce Perroquet,

   Et n'en sachant pas davantage,

   Ne prisent rien que leur caquet,

   Leurs beaux habits, leur équipage.

FABLE XX.

LE LION ET LES ABEILLES.

On m'a conté qu'un Lion débonnaire
Régnait paisiblement dans un très-beau canton
Qu'en mourant lui laissa le feu Lion son père.
Simple en ses goûts, la moitié d'un mouton,
Tout au plus un agneau faisait son ordinaire.
Ses amis, ou plutôt (car les Rois n'en ont pas);
Ses courtisans, qu'un si mince repas
Était bien loin de satisfaire,
Lui vantaient chaque jour, comme mets délicats,
La chair du daim léger, du cerf, de la gazelle,
Qui se rendraient bientôt s'ils étaient poursuivis.
Or, notez bien que ces donneurs d'avis
Ne craignaient rien pour leur cervelle ;
C'étaient des léopards, des tigres et des ours,

Tous en état de se défendre,

S'il eût pris fantaisie, au bout de quelques jours,

Au Lion de goûter si leur chair était tendre.

Non, leur répondait-il, un Roi sage et prudent

N'impose qu'à regret un tribut nécessaire ;

Celui qui m'est payé pourvoit abondamment

    A mes besoins, je puis les satisfaire ;

    Il me suffit ; j'y tiendrai constamment.

Ce discours, aux flatteurs, n'eut pas trop l'heur de plaire ;

Car, que faire d'un Roi juste, prudent, sévère,

Sobre, ami de la paix, froid pour tous les plaisirs,

Hors celui d'être aimé qui comble ses désirs ?

— Vraiment, se dirent-ils, la chose est incroyable,

    On la prendrait pour une fable.

Le renard, comme on sait, inventif et malin,

    Cherche en sa tête, et conçoit le dessein

        D'amener, par la friandise,

    Ce Roi si bon, à mettre un plat de plus

        Sur sa table, où la gourmandise

Avait fait pour entrer des essais superflus :

Il part, et fatigué d'une assez longue traite

Voulant se reposer, il cherche une retraite

Que le hasard lui montre au pied d'un ancien mur :

Il allait s'y tapir, quand son odorat sûr

    Lui fit bientôt concevoir l'espérance

De découvrir, à très-peu de distance,

Ce qu'il désire avec ardeur,

Et dont il aura seul l'honneur.

Il se met à l'affût, courte fut son attente :

De nombreux ouvriers la troupe diligente

Va, vient, revient et porte son butin,

Avec empressement au commun magasin.

Il remarque l'endroit; mais il n'y peut atteindre,

Et, maître en son métier, il se dispose à feindre.

Il se couche, s'étend, reste sans mouvement,

Et n'exhale qu'à peine un long gémissement;

La mort semblait planer sur sa perfide tête.

Quelques Mouches passant, aperçurent la bête;

Leur petit cœur s'émeut : l'être laborieux

Connaissant le besoin, aide le malheureux.

On s'approche, il entr'ouvre une faible paupière.

— Qu'avez-vous? de quel mal vous sentez-vous pressé?

— La faim est cause, hélas! de ma triste misère;

Depuis deux jours entiers j'ai vainement chassé,

Et je n'ai rien trouvé qui pût la satisfaire.

— Mes sœurs, dit une Abeille, il le faut secourir,

C'est un devoir sacré qu'il est doux de remplir.

Le projet adopté, vers la ruche on s'empresse,

On choisit un gâteau,

On le détache avec adresse,

C'était le plus frais, le plus beau,

Puis, avec maints efforts on le pousse, on le traîne ;

Il tombe heureusement sur une molle arène,

Et presque sur le nez du cauteleux renard,

Qui le happe et s'enfuit, rendant grâce au hasard

De l'avoir secondé par cette bonne aubaine.

Droit au palais du Roi, courant sans prendre haleine,

Il dépose à ses pieds le fruit de son larcin,

Qu'à peine il put goûter en faisant le chemin.

Oh ! oh ! dit le Lion, voilà de l'ambroisie !

Je veux que tous les jours ma table en soit servie,

Le Renard satisfait s'empresse d'avouer

Qu'il n'obtint son succès qu'en usant de finesse ;

Mais qu'en se répétant, il craindrait d'échouer,

S'il n'était soutenu par quelqu'un dont l'adresse

Pût atteindre aisément à la hauteur du mur

Qui cache à tous les yeux, comme en un réduit sûr,

Ce mets si délicat qui vaut bien qu'on le veille ;

Le Singe, très-adroit, servirait à merveille :

Il est hardi, léger, en un seul tour de main

Il aurait, j'en suis sûr, de quoi faire un festin.

Le Singe, glorieux d'avoir la préférence,

Se présente, et tous deux partent en diligence.

Arrivés, le Renard toujours fin, prévoyant,

Indique d'un peu loin au Singe confiant,

Du peuple industrieux la demeure secrète ;
En deux sauts celui-ci parvient à la cachette ,
Y plonge l'avant-bras , qu'il retire soudain
En jetant de grands cris. Assailli par l'essaim ,
Mille dards à la fois , qu'anime la vengeance ,
Lui font de mille morts éprouver la souffrance.
Il succombe et périt. Quant à maître Renard ,
   Loin qu'au combat il voulût prendre part ,
Il avait fui d'abord , sans regarder derrière ,
Et couru se cacher au fond de sa tanière.
Remis de sa frayeur, il cherche en son cerveau
     Par quel stratagême nouveau
Il pourra s'excuser de venir les mains nettes ;
      Car, malgré sa douceur,
      Le Roi n'est pas d'humeur
   A se contenter de sornettes.
Après avoir rêvé : Bon ! dit-il, m'y voilà ;
Oui, c'est le vrai moyen de me tirer d'affaire ;
Je saurai du Monarque exciter la colère ,
Et son orgueil blessé, certes, nous vengera ,
    Et d'une terrible manière,
Puis, composant sa voix, son geste, son maintien ,
   Bien assuré qu'il ne lui manque rien ,
Il se rend à la Cour où , sur un lit de mousse ,
Le Lion reposait entouré de flatteurs.

En courtisan habile il se prosterne et tousse,

Soupire tristement, laisse tomber des pleurs.

Eh quoi! dit le Lion, qu'annonce ta tristesse?

N'aurais-tu pas rempli mon désir, ta promesse?

— Ah, Sire! épargnez-moi d'un récit douloureux

La honte et le dépit : plaignez un malheureux

Qui revient seul, hélas! de son triste voyage;

Mon compagnon est mort victime de la rage

D'un cruel ennemi, gardien de ses trésors,

Qu'il a su conserver malgré tous nos efforts.

— Et pourquoi vouliez-vous les lui ravir par force?

Ce n'était point mon ordre, et j'atteste le ciel

Que, s'il faut l'employer, je me prive de miel.

Perfides courtisans que l'intérêt amorce,

Traîtres, c'est donc ainsi que vous servez les Rois;

Mais je me vengerai; je veux tout à la fois,

Et punir le coupable, et réparer l'offense

    Faite à ce peuple industrieux.

Ce n'est tout : avec lui je veux faire alliance,

Car il est bon d'avoir un ami belliqueux.

Quel est-il? dans quel lieu fait-il sa résidence?

— Sire, répond le Bœuf, partout où quelque creux

Lui présente un asile à l'abri des tempêtes;

C'est un insecte ailé, muni d'un aiguillon

Qui distille, en piquant, un dangereux poison;

Du reste, aux sucs des fleurs il borne ses conquêtes,

Et, grâce à son travail, à sa sobriété,

Il trouve encor l'hiver ce qu'a produit l'été.

— Oui, je veux être ami d'une telle peuplade ;

Et même qu'à l'instant une sage ambassade,

Lui demande la paix et l'oubli du passé.

On part, on parlemente, et tout est accordé.

Quelques gâteaux de miel sont présentés pour gage,

Et la douceur obtient ce que n'eût fait la rage.

A quelque tems de là, le Roi des Éléphans,

Séduit par les conseils de quelques courtisans,

Voulant de son empire étendre la limite,

Aux dépens de celui du Lion son voisin,

Ordonne que chacun soit prêt le lendemain ;

Au point du jour, à marcher à sa suite.

Le Lion, ses sujets, sur la foi des traités,

Dormaient paisiblement, quand ils sont éveillés

Par les cris des fuyards que la frayeur disperse.

L'ennemi triomphant tue, écrase, renverse

Tout ce qui veut tenter d'arrêter sa fureur.

Le Lion, à la hâte, assemble un corps d'élite,

Et marche fièrement au devant du vainqueur ;

Mais le nombre l'accable, il voit avec douleur

Que son exemple en vain encourage sa suite ;

Elle est près de céder : dans ce cruel revers

Il veut vaincre ou mourir, lorsque du haut des airs
Une Abeille passant, voit le péril extrême
Où se trouve exposé leur ami, leur voisin.
Elle part aussitôt, va sonner le tocsin
De ruche en ruche, et dit qu'à l'instant même
   Il faut combattre en cette occasion,
Pour tirer du danger le malheureux Lion.
Bientôt vingt bataillons de cette troupe ailée,
Bourdonnant de colère, ont fait la traversée,
Et, tombant à la fois sur l'ennemi vainqueur,
Lui déchirent les yeux, la trompe et les oreilles.
Troublé, contre lui-même il tourne sa fureur
Qu'irrite le venin de l'arme des Abeilles.
Le désordre est complet, et l'avide agresseur
Se sauve avec les siens, le dépit dans le cœur.
Le Lion, tout joyeux d'obtenir la victoire,
Aux Abeilles, sans honte, en rapporte la gloire;
Et voyant que ses dons d'un refus sont suivis,
Il prouva qu'un Roi juste a toujours des amis,
Et que le plus petit est souvent secourable:
Ce qu'on lit, mais en vain, dans mainte et mainte fable.

FABLE XXI.

LA MORT ET L'HÉRITIER.

———◆———

Un avide héritier de dépit suffoquait
Voyant qu'un vieux parent, dont il couvait l'hoirie,
Après quatre-vingts ans aimait encor la vie,
Et ne s'empressait pas de faire son paquet.
Enfin voilà qu'un jour, au gré de son envie
La goutte et la gravelle attaquent le vieillard.
Médecins d'accourir, ainsi que pharmacie
Portant médicamens préparés au hasard.....
La Mort les suit de près et convoite sa proie.
L'Héritier, sous les traits d'une vive douleur,
Voudrait, mais vainement, dissimuler sa joie;
Sur lui fixant les yeux, la Mort lit dans son cœur,
S'indigne, et détournant son arme meurtrière,
Épargne le vieillard, le rend à la lumière,

Et frappe l'héritier, lui laissant la douleur
D'un profond repentir à son heure dernière.

Qui des souliers d'un mort espère se chausser,
Va très-long-tems nu-pieds, dit un ancien adage.
Travailler étant jeune, épargner, amasser,
C'est là, pour vivre aisé, le plus sûr héritage.

Marchais   Litho. de Mantoux, rue du Paon N.º 1.

FABLE XXII.

ALINE ET LE ZÉPHYR.

Dans le cristal d'une onde pure,
Pour la première fois, Aline se mirait;
En contemplant sa charmante figure,
Son jeune cœur de plaisir palpitait :
Je suis jolie et vraiment très-jolie,
Dit-elle, en reportant ses yeux sur le miroir,
Et d'épouser Thomas je ferais la folie !
Quand Monseigneur se plaît tant à me voir,
Veut mon bonheur, le répète sans cesse
D'un ton de voix si doux qu'il pénètre mon cœur !
Tandis que ce Thomas, lors même qu'il caresse,
Est si gauche, si lourd qu'il me fait toujours peur ;
Mais il est gros fermier, intelligent et sage,
Et c'est tout ce qu'il faut pour faire un bon ménage,

Me dit mon père; il y persistera,

Je serai malheureuse, et Germeuil en mourra.

Un Zéphyr, voltigeant autour de l'innocente,

Avait tout entendu; touché de sa douleur,

Il conçoit le projet d'arracher de son cœur

    Le trait brûlant qui la tourmente.

Il détache une feuille et la jette à dessein

Sur le cristal dormant qui s'agite soudain :

Sa surface ondoyante en longs plis se sillonne,

Les objets réfléchis y paraissent brisés;

Aline ne voit plus dans toute sa personne

Qu'un monstre de laideur dont ses yeux sont blessés;

    Tout sentiment aussitôt l'abandonne.

Le Zéphyr la guettait; il vient la secourir

Et calmer la frayeur dont il la voit saisie :

— Console-toi, dit-il, tu n'es point enlaidie;

Mais de ta vanité j'ai voulu te guérir,

    Et t'enseigner par cette onde mobile

Qu'un instant peut ravir une beauté fragile.

Repousse, il en est tems, un amour insensé,

Et bannis de ton cœur une vaine espérance :

Germeuil ne t'aime point; ta naïve innocence

Irrite ses désirs non moins que ta beauté;

Tu peux la perdre, Aline, et bientôt délaissée,

Aux regrets, fruits amers de ta crédulité,

Trop tard et sans retour tu te verrais livrée.

De ton père, crois-moi, suis le projet sensé;

Ton bonheur en dépend, adieu: La pauvre Aline

Incertaine, muette et le cœur oppressé,

Vers le toit paternel lentement s'achemine,

Dans son esprit flottant consultant tour à tour

La sévère raison ét l'imprudent amour,

La raison prévalut : Aline eut le courage

De suivre les conseils du Zéphyr généreux;

Elle épousa Thomas, ils vécurent heureux :

Mais elle eut soin de fuir le Seigneur du village.

FABLE XXIII.

LE CHÊNE ET LE VER.

JAMAIS d'un ennemi ne consultez la taille,
Souvent les plus petits sont les plus dangereux :
L'histoire nous décrit mainte et mainte bataille
Dont le parti vainqueur était le moins nombreux.

Un Chêne, descendant des forêts de Dodone,
Sur un tronc orgueilleux étendait ses rameaux;
Et, comme un conquérant usurpateur d'un trône,
Il traitait en tyran ses prétendus vassaux.

Bien qu'il connût son antique origine,
Humble en naissant, d'une plante voisine
Il ne dédaigna point les secours bienfaisans
Qu'elle donnait à sa faible jeunesse
Contre le chaud, le froid, les vents, la sécheresse,
Ennemis déclarés de tous arbres naissans;

Bientôt il surpassa la plante protectrice.

    Qui le croirait!.... ingrat comme un humain,

      Il oublia sa bienfaitrice,

Et fier de sa vigueur, avec l'air du dédain,

Sous sa tête arrondie étouffa sa nourrice.

Notre arbre, en admirant ses rapides progrès,

Se croit bientôt l'arbitre et le roi des forêts.

Il étend son empire, ou plutôt son branchage,

Et son ambition s'accroissant avec l'âge,

Il dévore à lui seul un arpent tout entier.

Le thym, le serpolet, la discrète fougère,

L'aubépine, le jonc, le docile églantier,

S'éloignent à regret de leur commune mère,

En laissant le champ libre au conquérant altier.

    Tout prend fin ici-bas; la patience même;

Et la pousser à bout est imprudence extrême.

      Un jour ces chétifs arbrisseaux,

Causant à demi-voix de l'auteur de leurs maux,

S'étonnaient que le ciel n'eût pas pris leur défense;

      (Ils ignoraient, les pauvres gens,

    Que la faiblesse aux lois de la puissance

     Fut soumise dans tous les tems.)

Un Ver, passant près d'eux, entendit leur murmure,

Et conçut le projet de venger leur injure.

Rassurez-vous, dit-il, je suis faible à vos yeux;

Mais votre cause est juste, et j'ai pour moi les Dieux,

Le tyran périra; c'est moi qui vous le jure :

Sous peu de tems, j'espère accomplir mes sermens.

  Vers l'orateur chacun s'incline

  En signe de remercîmens;

  Puis celui-ci gravement s'achemine,

  Et cheminant, dans sa tête rumine

Au moyen de prévoir les moindres accidens.

Son projet arrêté, vers le Chêne il s'avance,

Et prenant à l'instant un air de dignité,

  C'est ainsi qu'il commence :

— Colosse, un mot : en quelle qualité

Es-tu venu, dis-moi, du fond de ta province,

Te transplanter chez nous et t'ériger en prince?

As-tu, par de hauts faits, servi notre canton?

En as-tu détourné le fer du bûcheron?

As-tu donc préservé des vents et de l'orage

Les faibles arbrisseaux qui près de toi sont nés?

Doivent-ils à tes soins un plus épais feuillage,

La hauteur à laquelle ils étaient destinés?

Tu ne dis mot : réponds; mais que dans ta réponse

Le bon droit soit pour toi; j'en doute, et je t'annonce

Que s'il n'est reconnu, le canton révolté

Mettra bientôt à bas ta fière majesté.

Le Chêne , à ce discours frissonnant de colère,

Agite ses rameaux, fait pleuvoir sur la terre
Une grêle de glands, espérant écraser
L'insecte assez hardi pour l'oser offenser ;
    Ce fut en vain : notre orateur, habile
    A s'esquiver, s'était fait un asile
Inaccessible aux coups du Chêne furieux.
Puis, creusant à couvert une secrète mine,
Il parvient sourdement jusques à la racine
De cet arbre si fier de ses nobles aïeux.
De la racine au cœur le chemin est facile ;
Il est bientôt franchi sous la dent du reptile :
L'arbre a beau s'irriter, son ennemi joyeux
Redouble ses efforts, fait tant par son courage,
Qu'on voit en peu de tems ce superbe feuillage
        Se dessécher,
        Se détacher
     De son triste branchage,
Et de fier qu'il était, humble jouet des vents,
Aller porter au loin son exemple aux tyrans.
L'arbre mort, la cognée en fit prompte justice.
    Lors le terrain, rappelant ses enfans,
Leur rendit à chacun une place propice :

     J'ai donc bien dit en affirmant
Qu'un petit ennemi veut du ménagement.

FABLE XXIV.

LE MOYEN DE PARVENIR.

RIEN ne me réussit, s'écriait un pauvre homme
Qui consumait sa vie à faire des projets :
Je suis instruit, actif, laborieux ; en somme
Je me crois propre à tout, et jamais un succès
    N'a couronné la plus sage entreprise.
L'ami qui l'écoutait lui dit avec franchise :
      Tu crois qu'en faisant bien
      C'est le plus sûr moyen
De parvenir ; erreur, abus, sottise :
Tu sais tout, excepté l'art de faire ta cour,
Et c'est là, mon ami, la science du jour.

FABLE XXV.

LE BOULET.

Un Boulet, par hasard, renverse un général;
Le désordre aussitôt se met dans son armée;
L'ennemi s'aperçoit que les choses vont mal,
Redouble ses efforts, la bataille est gagnée,
Et les cris des fuyards en donnent le signal.
Le Boulet, à l'instant, s'en arroge la gloire :
Mais, dis-moi, lui replique un malheureux blessé,
La poudre et le canon par qui tu fus lancé,
    Sont-ils pour rien dans la victoire?

FABLE XXVI.

LA GUENON ET SES DEUX PETITS.

Une Guenon avait eu deux petits
   D'une portée ; ils étaient très-gentils,
Et tous deux méritaient une égale tendresse ;
Mais la mère aveuglée en faveur de l'aîné,
Ne choyait que lui seul, l'autre était délaissé
Et n'obtenait qu'à peine une froide caresse,
   Du lait fort peu, le frère avalait tout.
Se voyant obligé d'aller chercher sa vie,
Petitement d'abord, puis mieux, puis l'industrie
Arrivant à son aide, il vint bientôt à bout
   De se pourvoir du nécessaire,
Non-seulement pour lui, mais encor pour sa mère,
   Qui le grondait souvent
Si ce qu'il apportait déplaisait à son frère,

Et celui-ci n'était jamais côntent.

Or, il advint qu'un violent orage

   Inonda le canton

   Où la Guenon tenait ménage.

Elle veut fuir et gagner sa maison ;

Mais que va devenir l'objet de sa tendresse?

Il ne pourra la suivre, ou ses pieds délicats

   Seront blessés ; dans ce double embarras

   Elle s'en charge et dans ses bras le presse ;

Mais un ruisseau fangeux, dont les eaux vont croissant,

S'oppose à son passage et coupe la retraite.

Il faut le traverser : le terrain est glissant,

Ses pas mal assurés annoncent sa défaite ;

Elle tombe en criant au secours de son fils ;

Le torrent les entraîne, il est sourd à leurs cris.

L'autre enfant aussitôt recourt à son adresse ;

Il franchit en deux sauts l'obstacle menaçant,

   Et gagne au pied ; mais voyant la détresse

Où se trouvait sa mère, il revient à l'instant,

La sauve du péril, cherche à calmer sa peine,

Et, pleurant avec elle, au logis la ramène.

On trouve en ce récit matière à méditer :

Les pères y verront qu'il doivent éviter

D'élever leurs enfans avec trop de mollesse ;

Sous le prétexte vain de leur faible jeunesse,

C'est ainsi qu'on leur gâte et l'esprit et le cœur;

Leur âme est sans ressort et leur corps sans vigueur.

Ils ne font point un pas sans la main de leur mère;

Le plus léger refus excite leur colère;

Le travail leur déplaît, il leur faut des plaisirs,

Et l'âge vient encore accroître leurs désirs.

Les aveugles parens ont-ils de la fortune?

  Leurs enfans la dissiperont.

 Sont-ils placés dans la classe commune?

Le déshonneur, un jour, fera rougir leur front;

Car la paresse au crime ouvre un gouffre profond.

Le père du Henri de mémoire si chère,

N'éleva point son fils dans des langes dorés.

Le luxe et les flatteurs avec soin écartés

Ne vinrent point gâter son heureux caractère.

Voulant en faire un homme actif et vigoureux

Des enfans de son âge il lui permit les jeux,

Même les démêlés; et s'il fallait se battre,

Le père en souriant devinait Henri quatre.

C'est ainsi qu'il forma ce modèle des Rois,

Qu'on chérit, qu'on révère et qu'on pleure à la fois.

Parens, de la Guenon évitez la faiblesse;

L'objet de son amour a péri dans ses bras,

Amolli par les soins donnés à sa jeunesse ;

Et l'enfant délaissé s'est tiré d'embarras

    Par sa vigueur et son adresse :

  Il a fait plus ; car, dans ce mauvais pas,

Il a sauvé sa mère, et calmé sa tristesse.

~~~~~~

FABLE XXVII.

SAINT SILVESTRE ET LE JOUR DE L'AN.

———◦○◦———

Saint Silvestre, à minuit sonnant,
Au jour de l'An rendit visite,
Et dans son petit compliment
Le louait fort sur son mérite,
Qu'il enviait en ce moment.
Que vous être heureux! avec impatience
On vous attend, grands et petits.
Les uns, pour accueillir la main qui les encense,
Les autres, pour toucher le prix
De la sagesse ou de l'obéissance.
Puis, les marchands qui font des vœux
Pour que chacun soit généreux.
On voit aller, courir, tout un peuple de frères
S'embrassant, se jurant les sentimens sincères

De la plus constante amitié.

— Ah! mon ami, n'en crois pas la moitié,

Le quart au plus, et ce serait merveille

Si ce quart était franc; c'est l'intérêt qui veille,

Tel héritier d'un vieux parent,

Va, lui souhaitant longue vie,

Qui voudrait le voir à l'instant

Attaqué d'une apoplexie.

Là c'est un mari libertin,

Qui de sa femme abusant la tendresse,

Lui fait le cadeau d'un écrin

Qu'il porte triple à sa maîtresse.

Plus loin;..... mais c'est assez, je ne finirais pas,

S'il fallait devant toi les passer en revue;

Puis, il me faut veiller cette cohue

Où les fripons tendent des lacs :

Adieu donc. — Que le ciel t'assiste en ta corvée.

Puisqu'il en est ainsi, tout franc, mon cher janvier,

J'aime mieux être le dernier

Que le premier jour de l'année.

FABLE XXVIII.

LE LOUP ET LE RENARD.

Un Loup prudent remarquant qu'avec l'âge
 Sa force allait en déclinant,
 Conçut le projet assez sage
D'avoir un magasin dont il ferait usage
En cas de maladie ou de quelque accident.
Le hasard le servit; dans la même journée,
 Un gros baril, plein de viande salée,
Fut, n'importe comment, laissé sur un chemin.
 Le Loup le trouve, et droit au magasin
Le roule et s'applaudit de l'heureuse aventure.
Ces viandes sont, dit-il, de garde, et j'en augure
Qu'en les ménageant bien j'en aurai pour long-tems.
A quelques jours de là, ce Loup tomba malade,
Et n'ayant plus besoin d'aller courir aux champs

Il garde le logis : tandis qu'en embuscade,
    Un vieux Renard ne l'apercevant plus
    Aller, venir, comme à son ordinaire,
    Se douta bien que le nouveau réclus
Ne restait pas ainsi sans faire bonne chère.
Du désir d'en goûter il est bientôt pressé;
Et va trouver le Loup, puis d'un air composé :
— Je suis très-inquiet; de toute la semaine,
Vous n'avez parcouru ni le bois ni la plaine,
Seriez-vous donc blessé? Parlez; à vous servir,
Croyez-moi, je prendrais un sensible plaisir.
N'auriez-vous pas besoin de quelque nourriture?
Le drôle avait en vain adouci sa figure.
        Le rusé Loup
        Sentit le coup,
    Et répondit : la plus sévère diète
    Doit réparer la faute que j'ai faite
En dévorant, moi seul, un énorme mouton;
Hélas! prenez pitié d'un insigne glouton,
Et puisque, de bon cœur, vous m'offrez vos services,
Allez prier les Dieux, rendez-les moi propices.
Le Renard, trop malin pour croire à ce propos,
    Se retire en cherchant un moyen de vengeance,
    Et trouvant en chemin des gardeurs de troupeaux,
Il leur montre du Loup la sombre résidence;

Ajoutant que blessé, presque mourant de faim,
Ils pourraient aisément s'en emparer soudain.
Ce qui fut dit, fut fait. Les bergers, en silence,
S'approchent du repaire, et tombent tout à coup,
  Eux et leurs chiens sur le malheureux Loup,
 Qui, pris au dépourvu, fit peu de résistance :
  On l'enleva pour en avoir la peau.
Le Renard, tout joyeux du succès de sa ruse,
Croit pouvoir, sans danger, s'emparer du caveau ;
Mais un traître, souvent, dans son espoir s'abuse :
Les chiens avaient flairé le baril entamé,
Et s'étaient bien promis de lui rendre visite ;
ils y vont, et trouvant le Renard occupé,
Ils l'étranglent d'abord et se gorgent ensuite.

Avis aux envieux qui voudraient tout ravir,
Et du bonheur d'autrui se font un long supplice.
L'exemple du Renard devrait les avertir
Qu'ils sont dupes souvent de leur propre artifice.

FABLE XXIX.

LE CRAPAUD ET LE CHARDONNERET.

Un jour, certain Crapaud qu'entourait sa famille,
Savourait à longs traits l'air pur d'un beau matin;
Lorsqu'un Chardonneret, du haut d'une charmille,
Déployait les couleurs dont il plut au destin
D'enrichir son plumage, et fier de sa parure
Souriait en voyant la peau de son voisin.
A quoi pensait, dis-moi, la distraite nature
Quand elle te fit laid, mais laid outre mesure?
Ton regard fait horreur; et dès qu'on t'aperçoit,
On recule, on t'évite, ou l'on te montre au doigt.
Heureux si sain et sauf tu gagnes ton asile?
Vraiment, pauvre animal, je déplore ton sort.
— Vous prenez trop de soin, lui répond le reptile,
Et je crois, à bon droit, que vous avez grand tort;

6

Le démontrer m'est chose très-facile.

Vous avez, je le vois, un plumage brillant

Qu'embellissent l'azur, l'or, la pourpre et l'argent;

Vous avez, par-dessus, la voix sonore et nette,

Et, pour tout dire enfin, un corsage élégant.

Mais que je sois puni, si jamais je regrette

    Cet étalage séduisant.

On veut vous voir de près, le trébuchet vous guette,

Puis la cage ou la chaîne; adieu la liberté!

    Je la préfère à la beauté.

    Ne craignant pas que l'on m'achète,

Je vis paisiblement au fond de ma cachette;

    Ma laideur fait ma sûreté.

FABLE XXX.

LE FERMIER ET LE HIBOU.

Un Fermier, en passant le matin dans sa cour,
Aperçut un Hibou qu'aveuglait le grand jour ;
   Il s'en saisit, et d'abord le destine
A servir de jouet à ses petits enfans.
Or, chacun sait combien cette engeance est encline
A faire aux animaux souffrir de longs tourmens ;
Le pauvre oiseau frémit entendant sa sentence.
Il eût pu se servir de ses ongles crochus,
Non moins bien de son bec ; mais usant de prudence
Et craignant d'employer des efforts superflus,
D'aggraver son malheur par trop de résistance,
Il préfère invoquer la pitié, la clémence
De celui dont la main pouvait en le lâchant
    Le laisser jouir de la vie,

Ou l'en priver en l'étouffant,

Si telle était sa fantaisie.

Pour prévenir ce dernier cas,

Il crut qu'un peu de flatterie

Pourrait le tirer d'embarras.

— De grâce, écoutez-moi, puissant roi de la terre,

Vous, devant qui tout tremble et que chacun révère,

Vous êtes en ce jour le maître de mon sort :

Mais invoquerez-vous la raison du plus fort

Contre un faible animal qui ne peut se défendre?

Ah! s'il vous plaisait de m'entendre,

Vous auriez peine à me trouver un tort :

Ai-je jamais troublé le repos salutaire

Dont vous avez besoin quand tout le long du jour

Vous avez de sueur arrosé votre terre?

Ai-je fait du dégat dans votre basse-cour?

Ou dévasté les grains que votre grange enserre?

De grâce, laissez-vous toucher!

Prenez pitié de ma misère,

Que pouvez-vous me reprocher?

Je ne sors de mon trou qu'au lever des étoiles,

C'est alors que je guette et mulots et souris,

Animaux malfaisans qui sont vos ennemis,

Et que la nuit protège à l'ombre de ses voiles.

Ce service rendu mériterait la mort!

Pour être généreux vous feriez un effort !...

A défaut de raisons et réduit à se taire,

Notre homme tout honteux se livre à la colère,

Sentiment qu'on éprouve alors qu'on a des torts.

Il remet l'animal aux mains d'un domestique

Avec l'ordre cruel d'en orner le portique,

Afin d'intimider les Hiboux et consorts.

Le docile valet obéit sans réplique,

Et, sans en ressentir le plus léger remords,

Il se rend l'instrument de cet arrêt inique.

Malheur à qui déplaît n'étant pas le plus fort !

Car bien qu'il ait raison il aura toujours tort.

FABLE XXXI.

LE JARDINIER ET SON MAITRE.

Mathurin, vieil expert en l'art du jardinage,
Taillait et dirigeait des arbres de trois ans;
Son maître se plaisant à le voir à l'ouvrage,
De causer avec lui faisait son passe-tems.
Un jour que Mathurin, armé de sa serpette,
   Examinait un vigoureux pêcher,
Et désignait du doigt qu'il allait retrancher
Tel gourmand, tel bourgeon, telle branche indiscrète,
Le pauvre arbre effrayé, prévoyant son malheur,
   S'adresse au Maître et le supplie
D'ordonner au bourreau jaloux de sa vigueur
De le laisser intact, de ménager sa vie.
Je vous promets, dit-il, avant qu'il soit deux ans,
Quatre fois plus de fruits plus beaux, plus succulens,

Que ne pourront donner quatre de mes confrères
Conduits par ce lourdaud qui n'a d'autres talens
Que de contrarier les efforts salutaires
Que la nature fait pour former ses enfans.
Oui, répond Mathurin, des enfans indociles
Qui, s'ils n'étaient greffés resteraient inutiles,
Ne donnant que des fruits aigres comme verjus,
Et bons pour les lapins dans les bois tout au plus.
Mais les avoir greffés n'est pas la moindre affaire ;
   Le principal est de les diriger,
Pour obtenir des fruits beaux et bons à manger.
— N'importe, dit le Maître, il faut le laisser faire
   C'est un essai dont je m'amuserai.
Soit, dit le Jardinier, faites-en votre affaire ;
A compter de ce jour, plus ne m'en mêlerai.
Le pêcher tout joyeux, pour remplir sa parole,
Redouble de vigueur, allonge ses rameaux
Qui, jaloux à leur tour de bien remplir leur rôle,
Se couvrent de feuillage et de boutons nouveaux.
Le Maître s'applaudit, et voit en espérance
   Que son essai sera d'un grand profit.
Mathurin qui sait bien d'après l'expérience
Ce qu'il en adviendra, ne dit mot ; mais en rit.
Deux hivers écoulés, la pousse merveilleuse
A fait de tels progrès que le Maître enchanté,

Est déjà convaincu que la taille est fâcheuse.

C'est un abus, dit-il, par l'erreur adopté,

Et dont il faut enfin que Mathurin convienne;

En attendant, chez moi, je veux qu'on s'en abstienne.

Mille fruits, il est vrai, s'annonçaient au printems,

   Un mois après, on en comptait par terre

   Plus de moitié; les autres languissans

   N'offraient au goût qu'une saveur amère.

Mathurin triomphait; le Maître confondu

Et forcé d'avouer son fol espoir déçu,

Apprit à ses dépens que la simple nature

Pour être productive a besoin de culture.

Imitez Mathurin, pères trop indulgens,

   N'écoutez point une aveugle tendresse,

Suivez dans vos enfans, dès leur tendre jeunesse,

Les progrès de l'esprit, du goût et des penchans;

Portez sur leurs défauts la serpe salutaire,

Et greffez avec soin le germe des vertus;

Ils béniront un jour la conduite sévère

Qui dans le droit chemin les aura maintenus.

FABLE XXXII.

LA CHENILLE ET LE PAPILLON.

Un Papillon brillant des plus vives couleurs,
En voltigeant de fleurs en fleurs,
Fit rencontre d'une Chenille
Qui d'une feuille de charmille
Se contentait pour son repas.
La regardant du haut en bas
Le petit-maître ailé d'un ton dolent s'écrie :
Il est vraiment des êtres malheureux !
Car quel attrait peut présenter la vie
A ce pauvre animal qu'un destin rigoureux
Condamne à se traîner, et dont la peau velue
Inspire du dégoût et repousse la vue ?
La Chenille qui l'entendit,
Tout en rongeant lui répartit

Superbe Papillon, ton orgueil me fait rire,
Et je vais d'un seul mot dissiper ton délire.
Tu parais oublier à qui tu dois le jour,
Ingrat! c'est à ma sœur; Chenilles à leur tour,
Tes enfans, comme nous, rongeront la charmille;
Apprends qu'un sot peut seul renier sa famille.

C'est ce qu'on voit souvent parmi le genre humain.
Combien de parvenus tout bouffis d'arrongance,
Pensent faire oublier, en menant un grand train
    L'obscurité de leur naissance.

FABLE XXXIII.

LE LOUP ET LES CHIENS DE BERGER.

Les deux Chiens d'un berger s'étant pris de querelle,
Furieux, se battaient avec acharnement.
Guillot se reposant sur sa garde fidelle,
A l'ombre d'un ormeau dormait profondément :
Un Loup voyant alors le troupeau sans défense,
    Vint hardiment enlever un mouton
        Qu'il emportait en diligence.
    Mais un des Chiens aperçoit le glouton ;
    Le combat cesse, il court à sa poursuite,
        Son camarade en fait autant,
    Et tous les deux l'atteignent assez vite.
Le mouton délivré s'en retourne en bêlant ;
Du larron les deux Chiens firent prompte justice.
        — Hélas ! dit-il en expirant,

Vous voyant divisés, j'ai cru l'instant propice
    Pour vous voler impunément.
— Tu nous connaissais mal; quelquefois par caprice,
Ou pour nous aguerrir, nous jouons de la dent;
   Mais s'agit-il de notre bergerie,
Tout débat entre nous se termine à l'instant,
Nous n'avons plus alors qu'un même sentiment,
Celui de repousser toute attaque ennemie.

Il existe un pays d'où sont bannis les loups,
Les esprits divisés y sont toujours en guerre;
Mais au moindre danger qui les menace tous
On les voit réunis sous la même bannière.

FABLE XXXIV.

LES LAPEREAUX.

CROYEZ-MOI, des vieillards écoutez les avis,
    Ils ont pour eux l'expérience.

Unis par l'amitié dès leur plus tendre enfance,
Deux Lapins, dans un bois, hantaient même logis;
    Du tien, du mien ne s'embarrassaient guères,
    Ce qu'ils avaient était commun entr'eux,
    Hormis pourtant leurs bonnes ménagères;
Chacun avait la sienne et se trouvait heureux.
    Avec le tems, leur petite lignée
    S'était accrue; et le soleil couchant
Les voyait, chaque soir, sur l'herbe parfumée,
Caracoler, sauter, ou d'un soin diligent
Nettoyer leur fourrure; et puis, le nez au vent,
    L'oreille au guet, l'œil à la découverte,
Veiller sur l'ennemi qui tramerait leur perte.

L'amour, sur les Lapins

Comme sur les humains,

Comme sur tout ce qui respire,

Exerça de tout tems son tyrannique empire :

Il n'est bêtes ni gens

Qui puissent échapper à ses traits malfaisans :

Malfaisans! soit; mais je le dis sans feinte,

Je voudrais être encor sensible à leur atteinte;

Hélas! c'est exhaler d'inutiles regrets.

Ce petit dieu, voyant sur la verdure

Deux de nos Lapereaux d'assez forte encolure

Pour être mis au rang de ses sujets,

Bande son arc, lance deux traits

Qui font chacun une blessure

Dans les cœurs innocens

De ces pauvres enfans.

Les voilà sous le joug, et déjà du mystère

Ils sentent le besoin, cherchent dans la fougère

L'endroit le plus fourré; mais, novices tous deux,

Ils ressentaient les mêmes feux,

Sans deviner comment les satisfaire.

Dame nature à leur secours

Vint aussitôt, comme elle vient toujours

Donner en pareil cas un conseil salutaire.

Revenus au logis, certain air de gaîté

Mêlé d'un peu de honte et de timidité,

Décéla le motif de leur furtive absence.

On en rit ; les parens, sans rompre le silence,

Attendaient quelqu'excuse ou bien quelques aveux

    De la part de nos amoureux.

  Ce fut en vain ; cependant une mère

    Prévoyant bien qu'un bon repas,

Au retour des enfans ne leur déplairait pas,

  Avait choisi pour faire honnête chère

Du thym, du serpolet, quelques fruits entamés,

Mais bons, que des oiseaux avaient abandonnés :

    En les faisant tomber par terre,

L'autre avait préparé, pour servir de carreau,

Des feuilles, du jonc sec, quelque peu de terreau,

Le tout bien étendu, comme en un jour de fête.

On se place, on s'assied ; des yeux chacun s'apprête

    A faire honneur aux mets de ce festin.

  Les bons parens suivent d'un œil malin

Notre couple amoureux, et leur froide vieillesse

Semble se ranimer au feu de la jeunesse.

  Je n'ai pas dit, car on l'aura pensé,

    Que chaque amant près de l'autre placé

      Ne voyant, n'écoutant personne

    S'occupe peu de ce qui l'environne,

Mais bien du cher voisin dont il se sent pressé.

Lapineau le galant jetait à la sourdine

   Le coup de patte à sa voisine,

   Et celle-ci le lui rendait.

Voyait-il sur la nappe une branche fleurie,

   Aussitôt il s'en emparait,

     La partageait

   Avec sa compagne chérie ;

  Faisons-nous mieux, nous autres grands esprits,

Pour complaire aux beautés dont nous sommes épris ?

Le repas terminé : bonsoir, dit l'un des pères,

Il est tems que chacun aille se reposer.

Oh ! moment douloureux pour deux amans sincères !

A cet ordre précis quel prétexte opposer ?

Il faut donc obéir, et l'on cède avec peine.

L'air pensif, l'œil humide et le cœur pantelant,

   Chaque amoureux, en soupirant,

    Vers son réduit se traîne.

La nuit, dit-on, conseille ; est-ce en bien, est-ce en mal ?

Ne sais, à dire vrai, lequel des deux l'emporte :

  Il est des biens de l'une et l'autre sorte,

Des maux aussi ; le choix est le point principal.

Lapineau d'un côté, de l'autre sa maîtresse,

   Ne rêvent plus que liberté,

Qu'au moyen de briser la chaîne qui les blesse.

Ce moyen ? c'est d'aller dans un coin écarté,

Se choisir un manoir loin de leur parenté.

Ils sont d'âge et d'esprit (au moins dans leur délire

Ainsi le pensent-ils), à pouvoir se conduire.

Ne sauront-ils pas bien se creuser un terrier ?

Le placer en lieu sûr ? Mettant la chose au pire,

Ils feront non moins bien que fit Lapin premier.

Déjà l'aube du jour fait pâlir les étoiles,

Et la nuit, en fuyant, va repliant ses voiles,

Ou, pour parler plus net, il faisait petit jour.

Nos amans éveillés par la crainte et l'amour,

Se sont vus, sont d'accord, et chacun dans sa tête

A bientôt préparé sa touchante requête.

Or, il ne s'agit plus que de la présenter,

   Et plus encor de la faire goûter.

Le mâle plus hardi débite sa harangue,

S'en tire avec honneur et même avec éclat.

On eût dit, en oyant le débit de sa langue,

Qu'il avait au barreau pris grade d'avocat.

Sa maîtresse, à son tour, d'un petit air béat,

Ne dit que quelques mots qu'interrompent ses larmes.

Elle avait donc appris qu'en semblable débat,

     Les pleurs sont de puissantes armes ;

Ses pleurs ont fait couler ceux des pauvres parens

Qui ne s'attendaient point à ces coups déchirans.

— Quoi ! le toit paternel pour vous n'a plus de charmes !

7

Vous n'êtes point touchés de nos vives alarmes !

Vos cœurs sont-ils fermés à nos cris douloureux ?

Si ce n'est point à nous, songez au sort affreux

Que vous prépare, hélas ! une fatale ivresse.

Ecoutez nos avis, imprudente jeunesse :

Vous ne connaissez pas les perfides humains,

Les collets, les panneaux qu'ils nous tendent sans cesse,

Les pièges nous offrant une amorce traîtresse,

 Et dont ils sèment nos chemins.

Enfin vous ignorez ce qu'il nous faut d'adresse

 Pour échapper sains et saufs de leurs mains.....

Vous persistez ingrats ! Le dieu Pan vous conduise,

 Vous préservant de fâcheuse surprise ;

Et si quelque accident vous ramène au logis,

Vous y retrouverez des parens, des amis

Prêts à vous recevoir malgré votre sottise.

Là-dessus on s'embrasse, et nos deux étourdis

Se hâtent de partir pour leur folle entreprise ;

A peine ils avaient fait vingt pas hors du terrier,

Qu'ils se croyaient déjà maîtres du monde entier.

 L'air est plus sain, l'herbe plus savoureuse,

Il leur reste à chercher une retraite heureuse

Où, libres de témoins, ils puissent sans détour

Goûter, goûter encore les plaisirs de l'amour.

Une roche saillante, au pied d'un chêne antique,

Se présente à leurs yeux en forme de portique.

En creusant par dessous, ils vont avant la nuit,

Se trouver possesseurs du plus charmant réduit.

Où choisir mieux?..... on se met à l'ouvrage,

Et chacun à l'envi se pique de courage.

Tout en grattant,

En prolongeant

Le conduit souterrain que leur erreur fatale

Métamorphose en chambre nuptiale.

Qu'ils sont fous, disaient-ils, nos très-bornés parens,

D'avoir, avec grand'peine, employé bien du tems

A s'ouvrir maints chemins pour arriver au gîte :

C'était donner au froid, pour pénétrer plus vîte,

Un moyen très-facile, et nous l'éviterons;

N'aurons-nous pas assez d'une seule ouverture?

Une porte à garder n'est-elle pas plus sûre,

Plus facile à défendre à l'aspect des larrons?

Qu'ils viennent, nous verrons !

Le logis achevé, lit de mousse légère

Fut bientôt fait, et bientôt essayé.

Comme on y dormira!..... N'est-il pas vrai, ma chère?

Que j'aurais eu grand tort, si, tantôt effrayé,

J'eusse craint les malheurs dont me parlait mon père.

Jusque-là tout va bien; mais l'amour ne vit pas

(Même chez les Lapins qui n'en ont privilège)

De doux soupirs, de grands hélas,

Encor moins des plaisirs qui forment son cortége;

De tems en tems il veut un bon repas.

Or Lapineau, que la faim presse,

Pour un instant va quitter sa maîtresse,

Et lui chercher du trèfle, des lupins.

Mets délicats pour messieurs les Lapins.

Le voilà donc en quête, un sentier se présente

Bien frayé, bien battu; des pas de ses pareils

Sont empreints sur le sable et comblent son attente;

A-t-il besoin d'autres conseils?

Puisqu'ils y sont passés, il passera de même;

Que craint-il? mais bientôt son imprudence extrême

Lui prépare un cruel et juste châtiment.

Un lacet disposé par une main traîtresse

Et que ne voyait pas le malheureux amant,

Le prend au col; dans sa détresse,

Plus il veut se débattre et plus il fait d'effort,

Plus il serre le nœud qui lui donne la mort.

Mon père..... avait raison..... ah! que n'ai-je.... il expire

En n'accusant que lui de son cruel martyre.

Pendant ce tems Lapinette dormait;

Même on prétend qu'elle rêvait

Aux doux plaisirs que l'hymen lui prépare,

Doux plaisirs dont ce Dieu pour nous est trop avare!

Un furet en rôdant aperçoit le terrier,

    Et n'y voyant qu'une ouverture ,

Il est tout frais, dit-il, et c'est nouveau gibier

    Que je trouve en cette aventure ;

Il est jeune sans doute, et doit être excellent ;

    Puis il s'approche doucement ,

  S'allonge et voit la pauvrette endormie

Qu'il saisit au gosier, suce et laisse sans vie.

De dire quelle fut la douleur des parens ,

Je le laisse à penser, ne pouvant la décrire.

Ce fut une leçon pour leurs autres enfans ;

Qu'elle en soit une aussi pour quelques jeunes gens

Qui pensent tout savoir, s'ils savent un peu lire.

FABLE XXXV.

LES PIEDS ET LA TÊTE.

Ou nous menez-vous donc? quel motif si pressant
Vous porte à nous forcer de courir aussi vîte?
Je suis las d'obéir, à moins qu'au même instant
Je ne sache où je vais, et quand j'en serai quitte;
Et son frère aussitôt d'en dire tout autant.
Or, c'était les deux pieds qui parlaient à la tête.
Sauvez-nous, leur dit-elle, et redoublez d'effort,
Puis après nous verrons qui de nous aura tort;
En attendant, fuyons le danger qui s'apprête,
Vous ne le voyez pas; mais je le vois pour vous.
   Les deux mutins raisonnant de plus belle
   S'arrêtent court et donnent tems aux loups

Qui les suivaient, de finir la querelle.

Malheur au Général qui parmi ses soldats
Trouve des raisonneurs qui n'obéissent pas !

FABLE XXXVI.

LES VOYAGEURS ET LE PAYSAN.

———•———

Gros-Jean, le gousset plein, revenait de la ville ;
Modestement monté sur son âne docile
Il gagnait lentement son paisible manoir,
Calculant qu'il paierait ce qu'il pouvait devoir,
Et qu'il lui resterait de quoi faire à sa fille,
    Jeune brunette assez gentille,
Que l'Hymen s'apprêtait à ranger sous ses lois,
Le cadeau d'un collier d'où pendrait une croix,
    Plus, d'un corset, d'une jupe nouvelle,
A la mode surtout ; cherchant dans sa cervelle
    Quelle couleur lui siérait mieux.
Tandis qu'il s'occupait de ce point sérieux,
Un char, avec fracas, arrivait par derrière :
Jeunes et vigoureux, l'un par l'autre excités,

Six chevaux écumans, par bonds précipités
Faisaient voler au loin une épaisse poussière ;
Ils ont bientôt atteint notre humble cavalier
Qui longeait le chemin dans un étroit sentier.

   Chacun de rire en voyant son allure,
Et brocards de trotter... — Bonhomme, êtes-vous fou ?
Du train dont vous allez vous vous romprez le cou,
    C'est excéder votre monture ;
Pourquoi tant vous presser ? il fait encor grand jour.
Qui rira le dernier rira bien à son tour
    Repart Gros-Jean ; avant qu'il soit une heure,
Nous verrons qui de nous gagnera sa demeure
Tout le premier : qui va *piano* va *sano*,
    Qui va *sano* va *lontano*,
Ainsi que je l'appris servant en Italie.
Puis, sans plus s'occuper de leur plaisanterie,
Il va son petit train sans allonger le pas ;
Le gaillard savait bien qu'il avait plu la veille,
    Et qu'avant peu ce serait grand' merveille
    Si les railleurs n'étaient dans l'embarras ;
      Il savait bien qu'à chaque orage,
Le chemin étant creux, descendant et montant,
Présentait un bas-fond où les eaux s'arrêtant
Formaient un lac de boue, obstruaient le passage :
Il les attendait là ; mais toujours en trottant.

Un valet est souvent le singe de son maître :
Ceux de nos élégans, en cette occasion,
    Faisaient chorus et par distraction
Allaient droit au bourbier où tout le train s'empêtre ;
Les y voilà plongés, la voiture et les gens.
       Pendant ce tems
Le villageois arrive, et, riant à son aise,
    Hors d'embarras dans son petit sentier,
    Il prend haleine et se met à crier :
Pourquoi vous arrêter? Messieurs, ne vous déplaise,
    Vous avez tort ; le village voisin
Est encore éloigné, le jour tire à sa fin.
    Perdre le tems c'est manquer de prudence ;
    Avancez donc, usez de diligence,
Ou craignez de rester ici jusqu'à demain ;
    Puis, cela dit, il poursuit son chemin.
Que deviendra le char? il ne m'importe guère,
Le retire qui peut, ce n'est pas mon affaire.

    J'en voulais venir seulement
    A ce point-ci, conseil très-salutaire :
En tout ce que tu fais, hâte-toi lentement,
Et n'insulte jamais le pauvre en sa misère.

FABLE XXXVII.

LE HÉRISSSON ET LE LAPIN.

———

Un Hérisson que poursuivait un chien,
    Chez un Lapin trouve un asile.
Celui-ci l'invitant d'une façon civile
    A regarder son logis comme sien,
    Le Hérisson prend la chose à la lettre,
S'empare du terrier, pénètre jusqu'au fond,
Et pour mieux reposer s'étend tout de son long.
L'officieux Lapin ne sait plus où se mettre
Pour garantir sa peau des dards du Hérisson
    Qui, sans égards et sans façon,
    Pour peu qu'il changeât de posture,
Lui faisait ressentir mainte et mainte piqûre.
— Mon cher, hôte, dit-il, mon logis n'est pas grand,
Et je l'ai partagé pour vous sauver la vie :

Le chien qui vous suivait est loin assurément,

Et de vouloir sortir instamment je vous prie;

Car de loger tous deux dans cet étroit manoir

La chose est impossible et très-facile à voir.

— La case, dites-vous, pour deux est trop petite?

Eh bien! allez ailleurs chercher un autre gîte;

Celui-ci me convient, je prétends y rester,

A moins que je ne sois forcé de le quitter.

Que répondre à cela? Le Lapin n'a point d'armes,

Il quitte son terrier en versant quelques larmes.

S'il est beau d'obliger, de faire des ingrats,

Il est au moins prudent d'agir en telle sorte

Que ce qu'ils ont reçu, s'ils ne le rendent pas,

Ne leur soit un moyen de nous mettre à la porte.

FABLE XXXVIII.

LES DEUX CHIENS.

Un jeune Chien méchant par caractère,
　　Hargneux, pillard et querelleur,
Avec chiens et passans était toujours en guerre;
Du reste vigilant, et surveillant sévère,
Des larrons, des filous il était la terreur.
Voulant se conserver un gardien aussi brave,
Poursuivi chaque jour pour ses hardis larcins;
Et vivre en paix avec tous ses voisins,
Le maître imagina de lui mettre une entrave.
　　Un lourd billot à son cou suspendu,
Gênant ses mouvemens, le rendit moins alerte,
En sorte qu'au combat assez souvent mordu,
Il n'en sortait jamais sans essuyer la perte
　　D'un bout d'oreille, ou de quelque lambeau;

Soit de son poil, soit de sa peau.

La mesure adoptée eut l'effet désirable;

Il devint moins hardi, partant moins redoutable.

Cependant ses pareils le voyaient-ils de loin,

Qu'à l'instant ils fuyaient, l'évitaient avec soin.

Le Mâtin aussitôt se mit dans la cervelle

Qu'il devait au billot, comme faveur nouvelle,

Le droit d'aller partout et d'être respecté.

— Tu te trompes, lui dit un vieux Chien plus sensé,

Si tu crois ce billot un signe honorifique;

Ce n'est point ta valeur, c'est ta méchanceté

Que, pour l'en garantir, au passant on indique.

Les méchans se font craindre et prennent pour respect

    L'éloignement qu'on leur témoigne;

C'est une erreur, on tremble à leur aspect,

Et c'est la peur qui fait qu'on s'en éloigne.

FABLE XXXIX.

LES SOUHAITS.

A la fin d'un repas dirigé par Comus,
Où coulaient à grands flots le Bordeaux, le Madère,
Le pétillant Aï, le Tokay salutaire,
On se mit à causer : on ne s'entendait plus,
Tant les langues trottaient, tant la joie était vive.
— Messieurs, en se levant, dit alors un convive,
Ne pourrions-nous parler chacun à notre tour?
Et prendre pour sujet les Souhaits ou l'Amour?
C'est dans le vin, dit-on, que la vérité sainte
Se montre à découvert; eh bien, disons sans feinte
Ce qu'au fond de nos cœurs nous désirons le plus.
Les bravos à l'instant s'élancent en chorus.

   — Moi, dit alors une jeune marquise,
    S'il faut parler avec franchise,

Je voudrais, par l'esprit, les grâces, les talens,

Comme Ninon Lenclos plaire à quatre-vingts ans.

— Je voudrais plaire aussi, reprend une comtesse,

Mais conserver toujours les dons de la jeunesse;

Car, s'il est doux de plaire, il est plus doux d'aimer

Un objet que l'amour a pris soin d'enflammer.

— Si le ciel m'exauçait, dit un franc militaire,

Je voudrais, pour ma part, qu'on fût toujours en guerre;

Je me distinguerais, et, grâce à ma valeur,

Mon nom serait inscrit aux fastes de l'honneur.

— Ma foi, dit un abbé, j'aimerais fort la mitre,

Et d'un archevêché j'accepterais le titre,

Sans pourtant renoncer au chapeau cardinal;

Car je crois, sans orgueil, qu'il ne m'irait pas mal.

— La baronne, à son tour, usant de la parole,

Dit que l'état de veuve est un pénible rôle;

Qu'elle voudrait revoir le jour, cet heureux jour,

Qui du plus tendre époux vint couronner l'amour :

Ses yeux en se fixant sur le jeune Valère,

Semblaient y retrouver cette image si chère!

Un soupir s'échappait.... quand un plaisant Gascon

S'empressa de donner un plat de sa façon :

— Cadédis! jé voudrais qué toute la Garonne

Fût du meilleur Constance, et l'avoir mise en tonne :

Qu'en dites-vous, Messieurs? j'ai le goût assez bon.

C'est fort bien, dit Damon;

Mais du vin seul, du vin!.... Quant à moi je préfère

Un superbe château qu'environne une terre;

Je la voudrais au moins de quatre mille arpens,

Dont un quart en bons prés coupés d'une rivière;

L'autre quart, en taillis de dix-huit à vingt ans;

Au sommet, un coteau, rival de l'Ermitage;

A l'entour du manoir un charmant paysage,

Où la nature et l'art, par le goût assortis,

Sans se rien disputer, se trouveraient unis.

— Cléon ne veut rien moins que ceindre un diadême.

Faites-moi Roi, dit-il, avec tous mes voisins

Je cimente la paix : déjà mon peuple m'aime,

Vit heureux sous mes lois, approuve mes desseins;

Le commerce fleurit, la féconde industrie,

Libre dans son essor, porte en tous lieux la vie;

Les sciences, les arts, étendant leurs succès,

Jusque chez l'Africain répandent leurs bienfaits.

— Je voudrais, dit un autre, émule de Voltaire,

Sur la scène tragique étonner le parterre.

— Je suis modeste, moi, dit un rentier chanceux,

Qu'on rende les deux tiers, et je me trouve heureux.

Un vieillard écoutait et gardait le silence,

Souriant à part lui de leur extravagance.

— Vous riez? lui dit-on, qu'on sache au moins pourquoi;

8

Pourquoi?.... je le dirai.... Vous avez, selon moi,

Oublié le premier des vœux qu'il fallait faire.

La beauté, la jeunesse et les moyens de plaire,

Ne suffisent pas seuls pour faire le bonheur :

Un poëte est en butte à la critique amère;

Un sceptre est un fardeau qui veut de la vigueur,

Et le bien manier n'est pas petite affaire;

Une terre est souvent la source de procès

Qui, grâce aux gens de loi, ne finissent jamais.

Pardon; mais, entre nous, il n'est qu'un militaire

Qui puisse désirer les horreurs de la guerre!

Je fais grâce à la veuve et pardonne au rentier;

J'avouerai même encor que leurs vœux sont plus sages;

Mais, pour leur assurer le bonheur sur tels gages,

Franchement, pensez-vous qu'ils trouvent un banquier?

Croyez-moi, le pouvoir, les honneurs, la richesse,

Sont des appâts trompeurs qu'évite la sagesse :

Je pourrais le prouver; mais je perdrais mon tems.

— Bon vieillard, dit alors un des nombreux votans,

Ne ressemblez-vous pas au renard de la fable,

Qui laissait aux goujats les raisins attrayans

Qu'il n'avait pu cueillir pour en garnir sa table?

— Non; mais j'ai dès long-tems médité sur les vœux

Qui pourraient, ici-bas, rendre un mortel heureux;

Et le seul que j'adresse au ciel en ma prière,

C'est d'être constamment sain de corps et d'esprit

Jusqu'au dernier moment qui clora ma paupière.

On s'étonne d'abord, ensuite on réfléchit

Qu'avant tout la santé doit passer la première,

Que le reste, sans elle, est folie ou chimère;

Et chacun, convenant que Géronte a raison,

Court, d'un commun accord, embrasser le barbon.

FABLE XL.

LES DEUX VAISSEAUX.

Un gros vaisseau marchand, près d'un vaisseau de guerre
Dont cent bouches à feu garnissaient les deux flancs,
Parlant de leurs exploits, l'orgueilleux militaire
Prétendait sans façon se mettre aux premiers rangs.
— Qu'es-tu donc près de moi, pauvre petit navire
Qu'à l'instant, si je veux, je puis couler à fond?
L'autre, sans s'émouvoir, froidement lui répond :
— As-tu donc oublié, puisqu'il faut te le dire,
Que c'est moi qui, bravant l'inconstance des mers,
Allai chercher au loin et les bois et les fers
     Auxquels tu dois ton existence?
Que, même en ce moment, je renferme en mon sein
La poudre, les boulets, les liqueurs et le pain
Que tout ton monde attend avec impatience.

Ne sois donc plus si fier ; marchons d'un pas égal

Vers notre but commun et servons la patrie,

    Toi par la force et moi par l'industrie :

Il n'est de sot métier que celui qu'on fait mal.

~~~~~~

FABLE XLI.

L'OURS ET LA RUCHE.

La vengeance, dit-on, est un morceau de Roi ;
   J'aimerais mieux que ce fût la clémence.
En cédant au plaisir de venger une offense,
   Que de regrets, souvent, on entraîne après soi !

   Témoin cet Ours, qui cherchant sa pâture,
Attiré par l'odeur qu'une Ruche exhalait,
S'en approche, et flairant autour de l'ouverture,
A faire un bon repas déjà se disposait ;
   Mais la gardienne aussitôt se présente,
   Et, bourdonnant, lui dit de s'en aller :
   — Il te sied bien, petite impertinente,
   Lui répond l'Ours, d'oser ainsi parler ;
   Ne sais-tu pas?... — Je ne sais rien, dit-elle,

Sinon qu'ici je suis en sentinelle

Pour écarter tout importun passant;

Ainsi, crois-moi, décampe prudemment.

L'Ours irrité de cette repartie,

    Présente de nouveau

    Le bout de son museau,

Croyant bien d'un seul coup écraser l'ennemie;

  Mais à l'instant, vingt dards envenimés

L'attaquent à la fois d'une telle manière,

Que notre Ours, en fuyant à pas précipités,

Se trouva trop heureux de gagner sa tanière.

  Hélas! dit-il, accablé de douleur,

  J'ai mérité les tourmens que j'endure;

J'ai cru devoir venger une légère injure,

Et ma fierté punie aggrave mon malheur.

FABLE XLII.

LE RENARDEAU.

Qui trop embrasse, mal étreint :
On a beau le crier à l'oreille des hommes,
   Ils font les sourds et vont toujours leur train.
   Jamais contens de la place où nous sommes,
   Nous voulons tous parvenir au plus tôt,
Au sommet des honneurs, du pouvoir, des richesses.
   Qu'arrive-t-il? qu'après maintes bassesses,
   On ne parvient qu'à tomber de plus haut.

Un Renardeau manquant d'expérience,
Mais en revanche ayant grand appétit,
Trouvait fort dur, pour gagner sa pitance,
De recourir à quelque affût maudit,
Qui trop souvent trompait son espérance,

Or, en rôdant vers le déclin du jour,

Il trouve un clos entouré de murailles,

Où s'engraissaient bon nombre de volailles.

Oh! oh! dit-il, c'est une basse-cour!

Si j'y puis pénétrer, quelle heureuse aventure!

Je n'aurai qu'à choisir; cherchons une ouverture;

Mais c'est en vain qu'il en a fait le tour.

Quel parti prendre en cette circonstance?

Les cris des oisillons, des poules, des canards,

Sont de friands appâts pour Messieurs les Renards;

Le nôtre n'y tient pas; il voit en espérance

Des vivres pour long-tems; et, sans courir de chance,

Sans le moindre embarras,

Des mets qu'on aura soin de rendre délicats.

Il faut escalader, dit le hardi compère :

Le mur n'est pas très-haut, je saurai le franchir;

Je serai riche alors, plus de courses à faire.

Il s'élance aussitôt, et parvient à saisir

Le chaperon, d'où, palpitant de joie,

Déjà de l'œil il dévore sa proie.

Mais Renardeau n'avait pas vu César

Qui, feignant de dormir, faisait la sentinelle,

Veillait à tout du fond de son hangar.

Notre escroqueur à légère cervelle,

N'a pas plus tôt saisi le plus gras des poulets,

Qu'il se sent étrangler par une dent cruelle
Dont l'atteinte mit fin à ses gourmands projets.

N'aurait-il pas mieux fait, imitant père et mère,
De vivre au jour le jour comme à son ordinaire.

FABLE XLIII.

LE MUSULMAN.

———•◦•———

Un pauvre Musulman, ayant perdu son père,
   Fut fort surpris de trouver un trésor
     Sous les haillons de la misère.
Il ouvre de grands yeux, les frotte et frotte encor,
   Et voit toujours au fond d'une chaudière
Bon nombre de sequins que couvre la poussière.
   Il croit rêver : ce n'est qu'en les touchant
    Qu'il reconnaît qu'ils sont d'or et d'argent.
Son chagrin se dissipe et le plaisir l'emporte ;
Il emplit un grand sac, ferme avec soin la porte,
   Et tout joyeux regagne sa maison.
   Chemin faisant, un grain d'ambition
   Germe en son cœur et fermente en sa tête.
   Le voilà riche, il se croit grand seigneur :

De la plus belle femme il fera la conquête,

Il aura des valets qui lui feront honneur,

Chacun le saluera, chacun lui fera fête.

Dans ce transport de joie il rencontre un Cadi

      Qu'accompagnait un janissaire;

Il l'aborde en riant, et, comme un étourdi,

Lui présentant la main : bonjour, dit-il, mon frère.

Le Cadi fut choqué de ce salut hardi;

Mais, en voyant Asouf plus gai qu'à l'ordinaire,

Et remarquant le sac dont il était nanti,

De plus se rappelant le décès du vieux père,

    Il eut bientôt pénétré le mystère,

Et conçu le projet d'en tirer bon parti.....

— Mahomet soit loué, puisque j'embrasse un frère !

J'ai toujours ignoré jusqu'au nom de mon père;

Mes doutes, grâce à toi, sont enfin éclaircis;

Car, en voyant le tien, j'étais toujours surpris

D'éprouver dans mon cœur un trouble involontaire.

Le saint homme est, hélas! dans les bras des houris;

Sa piété profonde et ses vertus modestes

Ont préparé sa place aux demeures célestes,

Et de sa vie austère il est récompensé :

Notre père amassait;.... du bien qu'il a laissé

Je réclame ma part, et ma demande est juste;....

Et de droit, ajouta le compagnon robuste.

L'héritier, tout penaud d'avoir fraternisé,

Eût voulu renier le Cadi pour son frére ;

Il allait s'expliquer, quand un regard sévère

Lui coupa la parole, et, s'étant ravisé,

    Il aima mieux, en galant homme,

  Payer comptant la moitié de la somme,

  Que de lutter contre l'autorité ;

Mais c'était payer cher un moment de gaîté.

Avec plus forts que soi, plaisanter n'est pas sage ;

Ils ont toujours pour eux les rieurs en partage.

FABLE LXIV.

LE MILAN.

Un Milan affamé se saisit d'un moineau,
Et, pour le dépecer, s'abattait dans la plaine,
Quand au bruit de son vol un timide levraut,
S'éveillant effrayé, s'enfuit à perdre haleine.
Ce gibier plus friand tente notre chasseur
Qui lâche son moineau pour la nouvelle proie;
  Mais courte fut sa joie;
Le levraut put gagner un blé dont la hauteur
Arrêta du Milan l'inutile poursuite;
Et l'oiseau délaissé, revenu de sa peur,
  Eut tout le tems de se trouver un gîte.

Ce Milan nous apprend, et retenons-le bien,
Qu'en voulant trop avoir, souvent on n'a plus rien.

FABLE LXV.

LE RENARD ET LE BUISSON.

MARAUDEUR effronté, certain Renard, un jour,
Avait pris un poulet dans une basse-cour,
Et, content de son vol, détalait au plus vite ;
Mais les chiens, les valets étant à sa poursuite,
Il se voit au moment d'être pris à son tour.
Le clos était fermé par des buissons d'épine
Que le hardi voleur se flatte de franchir ;
Mais, soit qu'il s'y prît mal, soit faiblesse d'échine,
Il n'atteignit qu'au tiers et ne put en sortir.
Traître buisson, dit-il, je vais perdre la vie,
Et que t'avais-je fait pour arrêter mon saut?
L'arbuste lui répond : dites-moi, je vous prie,
Si je vous empêchai de vous lancer plus haut?
La mort du ravisseur mit fin au dialogue.

Esope, avec raison, conçut cet apologue :

Il voulut enseigner à l'homme entreprenant

Qu'il ne doit pas toujours compter sur son adresse ;

La fortune, on le dit, seconde la hardiesse,

    Mais elle veut qu'on soit prudent.

FABLE XLVI.

L'AIGLE ET LE RENARD.

Une Aigle, des petits d'un Renard son voisin
Avait à ses aiglons fait une ample curée.
La mère était au bois; par leurs cris attirée
Elle accourt, mais trop tard; son malheureux destin
De la mort du dernier la rendit spectatrice:
Oh vengeance! dit-elle, à mes vœux soit propice,
Dirige ma fureur, fait qu'aux mêmes tourmens
Je puisse, sans pitié, livrer mon ennemie;
Que je puisse, à mon tour, dévorer ses enfans!
Cette Déesse est prompte à servir qui la prie.
De pauvres bûcherons qui travaillaient près d'eux
        Dans la forêt voisine,
Avaient soin, chaque soir, d'entretenir des feux

9

Pour, dans le jour suivant, préparer leur cuisine.

Au Renard inspiré ces feux sont un moyen

D'étouffer à la fois les aiglons et leur mère

Qui, sur un chêne altier, des chênes le doyen,

La croyant hors d'atteinte avait bâti son aire :

De branchages bien secs il amasse un monceau

    Qu'il arrondit au pied du chêne ;

   Ce n'est assez, il en met de nouveau,

  Comptant pour rien ses courses et sa peine ;

Puis il va déterrer un tison embrasé,

Dans un de ces foyers qu'on a couverts de cendre,

Et le porte aussitôt sous le bois préparé

    Qu'un vent léger excite à prendre.

  C'était la nuit, et l'Aigle, sans soupçons,

Dormait paisiblement sur ses chers nourrissons ;

Mais le feu qui s'accroît, la flamme et la fumée

S'élevant jusqu'au nid, l'ont bientôt éveillée.

Ah ! Grands Dieux ! mes enfans ! ce fut son premier cri.

Elle veut, mais en vain, les couvrir de ses ailes ;

Que peut contre la flamme un aussi frêle abri ?

Ils ont déjà senti ses atteintes mortelles.

De son heureux succès le Renard s'applaudit

Et de l'Aigle qui tombe à l'instant se saisit ;

  Meurs, lui dit-il, — Ah ! je t'en remercie ;

J'ai perdu mes enfans, que m'importe la vie !

La ruse est un secours accordé par les Dieux

    A la faiblesse qu'on opprime;

    Cette arme la sert d'autant mieux

Que ses coups vont dans l'ombre atteindre leur victime.

FABLE XLVII.

LA ROSE ET LE BOUTON.

En vérité, ma sœur, vous êtes trop coquette;
   L'aurore à peine a devancé le jour
Que de vingt papillons accueillis tour à tour,
Vous avez savouré la louange indiscrète.
J'ai vu plusieurs d'entr'eux porter sur votre sein
Une trompe amoureuse et par vous enhardie,
   Puis s'envoler avec l'air du dédain,
Prisant peu la faveur qu'ils n'avaient point ravie.
Si vous voulez donner du prix à vos appas
Faites les désirer, ne les prodiguez pas.
   C'est ainsi qu'un Bouton de rose
Réprimandait sa sœur nouvellement éclose.
Celle-ci souriant, lui dit : petit Bouton,
Dans vos sages conseils un peu de jalousie

Ne serait-il pour rien ? On me trouve jolie,

J'attire les regards, à peine vous voit-on ;

   Je le conçois, cet abandon vous blesse ;

   Mais avant peu vous aurez votre tour,

     Et vous verrez que pour l'amour

     Il n'est qu'un tems, c'est la jeunesse.

     Deux jours à peine étaient passés,

Et la Rose coquette avait perdu ses charmes ;

   Les papillons n'étaient plus empressés,

   Les bourdons seuls s'abreuvaient de ses larmes.

Le Bouton, au contraire, ayant pris son essor,

Ouvrait avec orgueil son odorant trésor :

Ses parfums, répandus assez loin à la ronde,

Attiraient des amans la troupe vagabonde

Et, Rose devenu, loin de les repousser,

On eût dit qu'il voulait s'en faire caresser.

Eh bien ! lui dit sa sœur, vous faisiez la prêcheuse

J'avais tort, disiez-vous, d'écouter des amans ;

Plus coquette que moi, mais non moins amoureuse.

Loin de fermer l'oreille aux propos des galans

Vous les encouragez par trop de complaisance ;

    Convenez-en, j'avais raison :

    Pour faire aux autres la leçon,

Il faut avoir acquis un peu d'expérience.

FABLE XLVIII.

LE PAPILLON ET LA FOURMI.

La vérité déplaît quand elle est toute nue,
  Malgré sa grâce et sa beauté;
Déguisons-la pour ménager la vue
  De ceux que blesse sa clarté.

Un Papillon tout fier de ses brillantes ailes,
  Ne choisissait parmi les fleurs
  Que les plus fraîches, les plus belles,
Et faisait tant par ses propos flatteurs,
  Qu'il triomphait des plus rebelles;
L'aurore, au gré du petit libertin,
  Ne se levait jamais assez matin.
La nuit arrivait-elle, on le voyait encore
Savourer, butiner les doux présens de Flore.

Mon bel ami,

Dit la Fourmi

Qui le guettait à son passage,

En vérité tu n'es pas sage ;

Je vois avec regret que tu hâtes ta fin.

La vie est courte, et le destin

A quelques jours a borné ta carrière ;

Profites-en, ne les abrège pas

Par l'abus des plaisirs ; autrement tu verras,

Avant d'atteindre à ton heure dernière,

Une foule de maux précéder ton trépas.

Un sourire moqueur fut toute la réponse

Que fit le Papillon à ces conseils prudens ;

Mais après deux soleils la vieillesse s'annonce,

Le vol est moins léger, les désirs moins pressans,

La plus belle des fleurs vainement le caresse ;

Et, de douleurs atteints, ses membres languissans

L'accusent hautement de leur prompte détresse.

La Fourmi le prêchant lui revint à l'esprit ;

Mais il n'était plus tems, car la mort le surprit.

Vous qu'embrâse le feu d'une ardente jeunesse,

N'espérez pas qu'il brûlera toujours ;

Réservez-en dans l'âge des amours

Pour réchauffer votre vieillesse.

FABLE XLIX.

LE CHIEN ET LE LOUP.

Un Chien de basse-cour de la plus forte taille,
Fit rencontre d'un Loup au détour d'un chemin;
Ce dernier aguerri par plus d'une bataille
S'arrête, et regardant fièrement le Mâtin :
Si le combat, dit-il, a pour toi quelque charme,
Je suis prêt, combattons : je ne porte d'autre arme
Que mes dents, mon courage, et n'ai point ce collier
Garni d'un triple cuir et de pointes d'acier;
Le lâche a seul besoin pour défendre sa vie
De ces moyens créés par l'humaine industrie;
L'homme t'a fait esclave, il doit bien à son tour,
Pour son propre intérêt, te conserver le jour.
Mais cet adroit tyran qu'en bon Loup je déteste,

Comment sait-il payer ton entier dévoûment?

D'ossemens décharnés, d'un pain noir, indigeste,

Du fouet et du bâton au moindre égarement,

Et d'une chaîne, enfin, qu'il ouvre rarement.

C'est à ce prix qu'un Chien d'une race aussi belle,

Notre rivale en tout, en force, agilité,

Ruses, courage, adresse, a de sa liberté

Fait à notre bourreau l'offrande criminelle!

C'est encore à ce prix que ce vil complaisant

S'abaisse à servir l'homme en son cruel penchant

    A tout dompter, à tout détruire

Ce qui, dans la nature, agit, croit ou respire!

Plutôt périr cent fois, ô chère liberté,

Que de te perdre ainsi par une lâcheté!

Ce discours un peu fort sonnant mal à l'oreille

De l'auditeur piqué d'une leçon pareille,

Le Chien montra les dents; le Loup sans reculer:

Tu te fâches, dit-il, la vérité t'offense;

    Elle t'accable et tu n'oses parler!

C'est avouer tes torts que garder le silence;

Mais je te prêche en vain, le sort en est jeté,

Va reprendre ta chaîne et moi la liberté.

La liberté, sans doute, à tous les cœurs doit plaire;

Mais nous n'habitons plus les antres et les bois:

La raison du plus fort veut un frein salutaire,

Ce frein, nous l'obtenons dans le Code des lois,

Leur joug devient léger dès que chacun le porte ;

Dieu veuille qu'entre nous il en soit de la sorte.

Marchais   Litho. de Manloux rue du Paon. N.º1.

FABLE L.

LE BUCHERON ET LE SERPENT.

———◦•◦———

Un pauvre Bûcheron qui, pour toute fortune,
Possédait une femme et cinq petits enfans ;
N'ayant pu travailler pendant toute une lune,
N'avait pas un seul pain à mettre sous leurs dents.
Trop faible encor pour reprendre l'ouvrage,
N'ayant plus de crédit, on le fait court aux gueux ;
Le cœur navré, ce pauvre malheureux,
Était près de perdre courage ;
Quand, tout à coup, il lui vint à l'esprit
Que peut-être il restait dans la forêt prochaine
Des fruits de châtaigniers, nourriture assez saine,
Et, plein de cet espoir, aussitôt il partit.
Quelle fut sa douleur en ne trouvant à terre
Que des fruits corrompus ; le reste était cueilli :

A ce coup imprévu son cœur a tressailli.

— Quoi je verrais, dit-il, mes enfans et leur mère

    Mourir de faim, et mourir sous mes yeux !

Je ne puis supporter... Il tombe au pied d'un chêne,

Déplore son malheur, en suppliant les Dieux

De lui ravir le jour pour terminer sa peine :

A l'instant un Serpent d'une énorme grosseur

    Sort de son trou, lentement se déploie,

Va droit au malheureux qui, loin d'en avoir peur,

Voit ses vœux exaucés. — Viens dévorer ta proie,

Hâte-toi, lui dit-il, abrège mes tourmens ;

Mais que vont devenir ma femme et mes enfans ?

    Ce penser seul affaiblit son courage.

— Prends cette pièce d'or et fais-en bon usage,

    Dit le Serpent ; reviens dans quatre jours ;

J'aurai peut-être aussi besoin de ton secours.

Notre homme croit rêver ; mais en voyant la pièce

Sur le sable laissée, il se lève et, soudain

      Oubliant sa faiblesse,

    De son logis il reprend le chemin.

En le voyant si gai, sa femme le croit ivre,

Veut gronder : — Tiens, dit-il, va chercher de quoi vivre,

Nous causerons après ; puis, prenant ses enfans,

Qui des cris du besoin remplissaient leur mesure,

Il cherche à les calmer par ses embrassemens.

Après ce premier soin, dicté par la nature,

    Il réfléchit, et craint d'être indiscret

      En racontant son aventure :

Qui sait si le Serpent n'a pas grand intérêt,

A rester ignoré dans sa retraite obscure?

    C'est à coup sûr quelque grand magicien,

    Pour ses méfaits ou pour tout autre cause,

Que déguise à mes yeux cette métamorphose :

      Soyons prudent, ne disons rien.

La femme de retour, un bon repas s'apprête,

Et chacun, de son mieux, prend sa part de la fête.

— J'ai tout payé, dit-elle, et tu peux maintenant

Traverser le pays et passer hardiment.

Mais, dis-moi, d'où nous vient une somme aussi forte?

C'est un secret, ma femme, et d'ailleurs que t'importe;

Uses-en prudemment, c'est la condition

Dont notre bienfaiteur accompagna ce don.

Au bout de quatre jours notre homme prend sa hache,

Dit qu'il va travailler, qu'il se sent beaucoup mieux;

Mais à son rendez-vous, qu'avec grand soin il cache,

Par de nombreux détours il se rend tout joyeux.

Arrivé, le Serpent aussitôt se présente :

— Je t'attendais, dit-il, mon âme impatiente

Comptait tous les momens, t'accusait de lenteur :

    Apprends qu'un perfide enchanteur

Depuis cent ans me tient en sa puissance :

Pendant cent ans encor j'y devais demeurer,

A moins que le hasard ne me fît rencontrer

Un pauvre tel que toi, dénué d'espérance,

Bon père, bon mari, discret, sage et prudent,

Et qui, loin d'avoir peur d'un énorme serpent,

   En attendît la fin de sa souffrance.

Le siècle est à sa fin, et l'étoile du soir

Doit me retrouver libre ou perdu sans espoir :

Mon sort est en tes mains; seul tu peux me soustraire

Au pouvoir qui me tient sous cet enchantement;

   Mais ne perds pas un seul moment.

— Je ne suis point ingrat, parlez, que faut-il faire?

   — Prendre ta hache et me couper le cou

   Sans hésiter, et d'un seul coup.

— Moi vous assassiner! moi qui vous dois la vie!

— De grâce, hâte-toi; c'est moi qui t'en supplie :

— Que la terre plutôt m'engloutisse vivant!

— Malheureux! est-ce ainsi que ta reconnaissance

S'acquitte d'un bienfait!.... Ah! je perds l'espérance,

Pendant cent ans encor je resterai Serpent :

Et tu n'es point ingrat?.... Ce reproche sanglant

Détermine notre homme; il s'arme de sa hache,

Se dresse sur ses pieds et, frappant hardiment,

Du monstre, d'un seul coup, la tête se détache.

Une épaisse vapeur se forme au même instant ;

Le Bûcheron, saisi d'une peur effroyable,

  Croyait toucher à son dernier moment ;

    Quand la vapeur se dissipant

Lui laisse apercevoir un vieillard vénérable

Qui, lui tendant la main, lui dit avec douceur :

Grâce te soit rendue, ô mon libérateur !

Par toi j'ai recouvré ma première existence,

Et tu peux être sûr de ma reconnaissance ;

Je veillerai sur toi, retourne en ton logis ;

Il est un peu changé ; mais n'en sois pas surpris.

A ces mots le vieillard abandonne la terre,

S'élève et va se rendre au séjour du tonnerre....

Le Bûcheron, remis de son étonnement,

Cherche, sans rien trouver, les restes du Serpent ;

Sa tête seulement, sur le sable laissée,

En un sac rempli d'or sous ses yeux est changée :

  Oh ! oh ! dit-il, ceci n'est point un jeu !

J'étais loin de m'attendre à cette récompense,

Seigneur Magicien, quelle munificence !

Pardon, si j'ai, tantôt, hésité quelque peu.

Il veut lever le sac, en vain il se travaille,

Inutiles efforts.... Ma foi vaille que vaille,

Prenons toujours, dit-il, ce que je puis porter,

    Il faut savoir se contenter ;

C'est encore pour nous une belle trouvaille.

Il n'a pas achevé que le sac tout entier

   Vient sur son dos se placer de lui-même.

— Vous me l'aviez bien dit, Monseigneur le Sorcier,

Sur toi j'aurai les yeux. Oh bienveillance extrême !

Le sac ne pesant rien, il part d'un pied léger,

   Prend le chemin de sa pauvre chaumière ;

Et ne la trouve plus ; mais une ferme entière,

Ayant cour, basse-cour, beau jardin, grand verger,

Terres à l'avenant, chevaux dans l'écurie,

Vaches, moutons, volaille, enfin tout ce qu'il faut

   Pour mener une heureuse vie.

Sa femme et ses enfans arrivent aussitôt,

Bien portans, bien vêtus, rayonnans d'allégresse.

En le voyant chargé, l'un et l'autre s'empresse

De le débarrasser ; mais le sac a repris

Sa pesanteur première, et les laisse surpris

Qu'il ait pu le porter. On le plaint, on l'embrasse ;

Enfin, lui dit sa femme, apprends-moi donc, de grâce,

D'où nous vient tant de bien ? — D'un service rendu.

Dînons, pour le dessert j'en conterai l'histoire,

   En attendant, veuillez m'en croire,

   Un bienfait n'est jamais perdu.

FABLE LI.

LA CHIENNE ET LA CHATTE.

Une Chienne, une Chatte en un même logis
Vivaient de bon accord comme deux vrais amis.
La Chienne de son maître était la favorite,
Et le méritait bien, tant elle était instruite,
Docile, caressante, et de guette surtout;

    Aussi la menait-il partout,
    C'était sa compagne fidelle.
La Chatte restait seule et gardait le logis;
  Son lot était d'effrayer les souris;
On ne la gâtait point; mais on avait soin d'elle.
Pour se désennuyer, il arrivait parfois
Qu'elle allait prendre l'air en parcourant les toits
    De la maison voisine.
Un Matou gros et gras, et partant amoureux,

10

La convoitant, volait à la cuisine

Quelques morceaux friands que, d'un air doucereux,

    Il présentait à Pateline;

C'est le nom de la Chatte. Il fit tant et si bien

Qu'au bout de quelques jours il ne manquait plus rien

    A leur intimité secrète.

    Une niche était la retraite

Où reposait, la nuit, sur un lit d'édredon

La Chienne favorite. On faisait abandon

Du dessus à la Chatte; il était bon pour elle.

    Mais un beau jour, la prudente femelle,

Sentant que le moment d'être mère approchait,

Du sort de ses petits s'occupe, et, dans sa tête,

    Cherche l'endroit qui mieux leur conviendrait

Pour les y déposer au moment qui s'apprête.

Son lit actuel trop haut, trop étroit et trop dur,

Point abrité du vent, ne fait point son affaire;

Ils y mourraient de froid, et, s'ils tombaient à terre,

    Ils y périraient à coup sûr.

Pendant que ce penser et l'agite et la trouble,

La Chienne sur son lit ronflait paisiblement.

    Ah! se disait la Chatte en soupirant,

Pourquoi n'a-t-on pour moi fait cette niche double?

    Que j'y serais commodément!

Tout en disant ces mots, la pauvre Pateline

S'approchait de la niche et s'y frottait le dos,
L'arrondissait en arc, et sa patte badine
Cherchait adroitement à troubler le repos
    De son ancienne et bonne amie.
Celle-ci se réveille, et l'autre en miaulant
    Voulait lui dire apparemment :
  Vois mon état, prête-moi, je t'en prie,
    Pour quelques jours ton logement ;
La Chienne l'entendit, et ce n'est point merveille,
    L'amitié chez les animaux,
    Qui sur ce point sont nos rivaux,
A l'accent du besoin prête toujours l'oreille ;
Elle se lève, sort, du bout de son museau
    Soulève le petit rideau
    Dont sa case est ornée ;
Puis faisant de la queue un léger mouvement,
Indique par ce signe à la Chatte empressée
Qu'elle peut s'installer dans son appartement ;
    Ce qu'elle fit. La voilà donc heureuse ;
    Mais ce n'est tout. La Chienne généreuse
S'empare du dessus de la niche à son tour,
S'établit sentinelle et veille nuit et jour
    Pour écarter tout approche indiscrète.
    La Chatte enfin fait ses petits
  Sans accident, et la Chienne inquiète

Courait les voir aux moindres cris.

Pour ses besoins, s'il fallait que la mère

S'en éloignât pendant quelques instans,

La Chienne alors prenait soin des enfans,

   Et ceux-ci semblaient s'y complaire...

   Avec le tems, devenus assez forts

Pour sortir de la niche et courir au dehors,

La Chienne, un beau matin, reprend son domicile,

   Montre les dents à qui veut s'approcher :

— Vous êtes assez grands pour trouver un asile,

Dit-elle en son langage, allez donc le chercher.

   Si du sensible La Fontaine

Ces traits d'intelligence eussent été connus,

Nous aurions de sa plume un chef-d'œuvre de plus ;

Prétendre l'imiter serait perdre sa peine,

Et tenter, on le sait, d'inutiles efforts ;

Mais on peut sans erreur adopter son système,

   Et demander à Descartes lui-même

Si nos deux animaux n'étaient que des ressorts.

Le sujet de cette Fable est la narration exacte d'un fait qui s'est passé sous les yeux de l'auteur.

FABLE LII.

LE FOULON ET LE CHARBONNIER.

Un Foulon pour compère avait un Charbonnier ;
 Or il advint que ce dernier
D'une vaste maison ayant fait héritage,
Engagea le Foulon à loger avec lui ;
Rien ne t'y manquerait, dit-il, dès aujourd'hui,
Tu pourrais y venir, apporter ton ménage ;
 Sens-tu quel plaisir nous aurions ?
 Vingt fois le jour nous nous verrions ;
 Et puis encore autre avantage,
Sans sortir de chez nous le soir nous trinquerions.
Tu ne me réponds pas ! franchement, que t'en semble ?
Tiens, reprit le Foulon, ton lot est de noircir,
 Tout au rebours le mien est de blanchir :
Tu le vois, mon ami, nous serions mal ensemble.

Il fut très-sage ce Foulon,

En évitant un voisinage

Qui pouvait gâter son ouvrage ;

Bien que de son loyer son ami lui fît don.

Ainsi l'homme prudent doit fuir la compagnie

De ces êtres pervers qui vont tout corrompant ;

Malheur à qui suivra leur exemple entraînant !

Le remords, mais trop tard, punira sa folie.

FABLE LIII.

LE PALMIER ET LA CITROUILLE.

———

Un palmier vigoureux isolé dans la plaine,
N'ayant pu d'aucun fruit enrichir ses rameaux,
Voyait avec douleur de chétifs arbrisseaux,
Favoris trop heureux des zéphirs dont l'haleine
   Prenait plaisir à répandre sur eux
De la fécondité les germes précieux.
   Une Citrouille à la tige rampante,
   Croissait auprès du stérile Palmier,
   Et l'entendait sans cesse s'écrier :
Ne verrai-je jamais s'accomplir mon attente !
Tiens, lui dit-elle un jour, si tu veux, mon voisin,
Je te ferai porter des fruits en abondance ;
Ils ne seront pas tiens ; mais la seule apparence
Ne suffit-elle pas pour tromper le plus fin ?

Laisse-moi sur ta tige enlacer mon feuillage;

Il parviendra bientôt à ton superbe front,

Et là, se déployant de branchage en branchage,

Et les fleurs et les fruits ensemble y paraîtront.

L'éclat de l'or qui forme leur parure

Fixera tous les yeux,

Et nul Palmier dans la nature

N'aura paru plus curieux.

Séduit par ce tableau, le Palmier remercie

Et voit dans la Citrouille une excellente amie;

Mais celle-ci cachait son perfide dessein :

C'était par intérêt et non pour être utile

Qu'elle s'offrait ainsi; son unique mobile

Étant de s'élever aux dépens du voisin.

La voilà donc qui gourmande sa sève,

Ne lui donnant ni paix, ni trêve,

Qu'elle n'ait surmonté la cime du Palmier.

Son grand projet alors se montre tout entier;

Chacun de ses enfans s'emparant d'une palme

L'enveloppe bientôt de feuilles et de fruits.

L'arbre se plaint en vain; au milieu de ses cris

La Citrouille orgueilleuse écoute et reste calme.

Oh! oh! dit-il enfin; quoi tu ne m'entends pas?

Tu prétends m'étouffer à l'aide de tes bras!

Mais les Dieux me rendront une prompte justice;

A l'instant, à mes pieds, que ta race périsse!
Il dit : et vers la terre inclinant ses rameaux,
Citrouillons de glisser sur la pente rapide,
De tomber lourdement, et, brisés en morceaux,
D'expier la noirceur de leur trame perfide.

Avis à l'intrigant qui, voulant parvenir,
  Rampe d'abord aux pieds de la puissance,
S'élève par degrés feignant de la servir,
Et se rend nécessaire au moins en apparence ;
  Puis abusant d'un crédit usurpé,
  Veut culbuter son protecteur qu'il joue ;
  Mais son projet une fois éventé,
D'un seul mot il se voit replongé dans la boue.

FABLE LIV.

L'HIRONDELLE ET LE MOINEAU.

———

UNE hirondelle en gazouillant
Célébrait du printems la riante parure,
    Et par la douceur de son chant
    Semblait égayer la nature.
Un vieux Moineau jaloux se mit à lui crier :
Ne cesseras-tu pas? N'as-tu d'autre métier
    Que de chanter le long de la journée,
    En plein soleil sur une cheminée?
    Je chante aussi ; mon plumage vaut bien
Ton caparaçon noir et ta gorge rougeâtre ;
Et cependant ton sort l'emporte sur le mien ;
On t'attend, on t'accueille ; et ta maison de plâtre
Est prise par des sots pour signe de bonheur,
Tandis qu'on me poursuit, que partout on me chasse,

Qu'on ravit mes petits, et que, dans sa fureur,

L'homme veut des Moineaux anéantir la race.

— Mais toi-même en fournis les meilleurs raisons;

Tu ne respectes rien, tu détruis ses semailles,

Tu dévores le grain qu'il donne à ses volailles,

Et, jusqu'en ses greniers, tu pilles ses moissons;

  Quant à ton chant, soit dit sans te déplaire,

  Il est criard, monotone, ennuyeux;

    Tandis que le mien, au contraire,

    Est à la fois doux et joyeux.

Loin de faire du tort, je poursuis à outrance

Des mouches, des cousins l'insupportable engeance;

En servant les humains je me fais aimer d'eux,

J'annonce le beau tems, la pluie où le tonnerre,

Tantôt en m'élevant, tantôt rasant la terre,

Et, lorsque le soleil, en inclinant son cours,

Veut allonger les nuits aux dépens des beaux jours,

Redoutant de l'hiver l'importune froidure,

  Je vais ailleurs chercher ma nourriture;

Et loin qu'à mon départ l'homme prenne plaisir,

De me revoir bientôt il forme le désir:

Prends exemple sur moi; sois utile, agréable,

Et tu seras aimé si tu te rends aimable.

FABLE LV.

LE VIEUX CHIEN.

Le beau Médor, chien d'excellente race,
S'était fait un renom parmi les chiens de chasse ;
Chacun le convoitait, et, pour son pesant d'or,
Son maître n'eût jamais voulu céder Médor.
Alors os de pigeons, de gibier, de volaille,
On lui donnait de tout, et de tout à foison ;
Mais ce tems n'était plus ; c'était la valetaille
Qui de lui prenait soin ; aussi fouet ou bâton
L'atteignait chaque fois qu'il flairait la cuisine ;
Il faut tout avouer ; Médor avait quinze ans,
N'était plus bon à rien, avait piteuse mine,
Et rien ne lui restait de ses anciens talens ;

Mais un des grands défauts de la froide vieillesse,

Est de se rappeler les faits de sa jeunesse

Et de se croire encor propre à les répéter.

Notre Chien mécontent de se voir maltraiter

Un jour montra les dents et mu par la colère :

Avez-vous oublié, s'adressant aux valets,

Ce que je fus jadis et ce que je valais?

Et vous me réduisez à ce point de misère !

Je vous ferai punir, mon maître le saura ;

Car de son long voyage un jour il reviendra.

Enfin le maître arrive ; et, rempli d'espérance,

Avec empressement, vers lui Médor s'avance,

   Se flattant bien d'en être caressé.

Quelle fut sa douleur, se voyant repoussé !

— Veux-tu te retirer ; le galeux ! qu'on le chasse ;

   Ce fut l'accueil qu'il en reçut.

Le pauvre Chien honteux, portant l'oreille basse,

Se sauve en maudissant l'espoir qui le déçut.

Ingrats ! s'écria-t-il, et vous êtes des hommes !

   Et c'est ainsi que vous récompensez

De vos vieux serviteurs les services passés.

Hélas ! il est trop vrai ; presque autant que nous sommes

Nous n'estimons plus rien les services rendus ;

Et le pauvre valet décrépit et perclus

Qui nous servit trente ans, trouvant nos cœurs de glace
Sur le malheureux sort qu'il n'a point mérité,
N'a plus que l'hôpital ; et, s'il n'y trouve place,
Ceux qu'il ne servit point lui font la charité.

FABLE LVI.

LES ENFANS ET LE BERGER.

N'APPROCHEZ pas d'ici, tenez-vous en arrière,
Criait un vieux Berger à d'assez grands Enfans
Qui jouaient et couraient auprès d'une carrière ;
Le pied peut vous manquer, vous tomberiez dedans,
Et Dieu sait comme alors finirait l'aventure.
— Voilà bien les vieillards, dit le plus polisson,
Comme il ne peut marcher qu'à l'aide d'un bâton,
Il voudrait nous tenir pendus à sa ceinture.
Laissons-le dire et jouons au loup noir,
Jean défendra la queue et Mathurin la tête ;
Moi je serai le loup, et je vous ferai voir
Que plus fin que moi n'est pas bête.
Ils sont bientôt en train ; le loup a beau courir
Et Jean et Mathurin savent s'en garantir.

Piqué de se donner une inutile peine,

Il recourt à la ruse et feint de prendre haleine ;

Le troupeau confiant et dupe de ce jeu

Croit pouvoir, sans danger, se reposer un peu ;

Mais le loup profitant de sa supercherie,

Se jette sur la bande et, par sa brusquerie,

La fait rompre en deux parts, dont les moins avisés,

En voulant échapper, s'élancent en arrière :

Les malheureux ! ils sont précipités

De roche en roche au fond de la carrière.

Deux d'entr'eux écrasés

Sur la place moururent,

Les autres moins blessés

Se retirèrent comme ils purent.

Combien de jeunes gens, par l'appât des plaisirs,

Se laissent entraîner à leur perte certaine ;

Le sage a beau vouloir réprimer leurs désirs,

C'est un vieux radoteur qu'on n'écoute qu'à peine.

FABLE LVII.

LA MOUCHE ET LE POTAGE.

———

Séduite par l'odeur d'un Potage excellent,
Une Mouche affamée y vole en étourdie;
Le Potage était bon; mais il était bouillant :
La sotte en y goûtant perd à l'instant la vie.

Combien de gens ne voit-on pas,
Abusés dans leur espérance,
Courir d'eux-mêmes au trépas
Que cachait des plaisirs la trompeuse apparence.

FABLE LVIII.

LE CHIEN ET LE VOLEUR.

LE triste hiver ramenant à la ville

Ceux qu'en avait éloignés le printems,

Un citadin de sa maison des champs

Venait, avec regret, d'abandonner l'asile.

Un larron prévenu, profite de la nuit,

Et, trouvant le moyen de pénétrer sans bruit,

Il espère un bon coup; mais sachant qu'un Cerbère,

Mieux que le jardinier, surveillait le logis,

D'avance il s'était dit : comment le faire taire?

Je crois que pour le mettre au rang de mes amis

Quelques gâteaux feraient bien mon affaire.

Il en avait donc pris. Le voilà du jardin

Parvenu dans la cour; mais le rusé mâtin

Se garde d'aboyer et lentement s'avance

Vers le Voleur que trompe ce silence,

Et qui croit n'avoir rien à redouter du Chien.

Il lui jette un gâteau ; l'intelligent gardien

Devine sa pensée et lui dit : pauvre sire,

Va porter chez les morts ton perfide présent,

Si tu n'eusses pas eu l'intention de nuire

Tu n'aurais rien offert ; et, dans le même instant,

Il le saisit au cou, l'étrangle et laisse à terre

Les gâteaux pour témoins qu'ils n'ont rien pu sur lui.

Trouverait-on parmi nous, aujourd'hui,

Gardien plus sobre et plus sévère.

FABLE LIX.

LE RENARD ET LE FAUCON.

———◦◦◦———

Des jardiniers soigneux les chats sont ennemis :
Ceux-ci vont nuit et jour culbutant leurs semis
    Pour attraper mulots et courtilières :
Les piéges n'y font rien ; ils ne s'y prennent guères.
Un de ces jardiniers las de les pourchasser,
    Imagina, pour s'en débarrasser,
    D'empoisonner des morceaux de volaille.
Nous verrons, se dit-il, importune canaille,
Si tu viendras long-tems ravager mon jardin.
L'appât mis, un Faucon qui cherchait aventure,
    Du haut des airs découvrant la pâture,
Fond dessus, s'en saisit et vole au bois voisin.
Don Renard l'aperçoit et cherche dans sa tète
Par quel heureux moyen il trompera la bête :

J'ai bien, dit-il, pris pour dupe un corbeau;

Voyons si ce Faucon y sera pris de même.

Il s'approche : ah! seigneur, s'adressant à l'oiseau,

Je reconnais bien là votre obligeance extrême;

Vous n'oubliez jamais le pauvre malheureux;

Mais ne vous voyant pas arriver en ces lieux

    Aussi matin qu'à l'ordinaire,

J'ai craint qu'il ne vous fût survenu quelque affaire.

  — Que me dis-tu? lui repart le Faucon,

    Je n'entends rien à ton jargon.

— Ah! seigneur, c'est en vain que, prenant ce costume,

Vous croyez échapper à mes regards perçans;

L'aigle de Jupiter a beau changer de plume,

Il conserve toujours ses yeux étincelans,

Cet air de majesté, ce port noble et sévère

Qui vous a fait choisir pour porter le tonnerre;

Sans doute Jupiter, à l'insu de Junon,

  Vous a chargé de quelque mission

Qui voulait du secret et de l'intelligence;

    Chemin faisant, vous a-t-il dit,

    Tu porteras la subsistance

    A don Renard qui me surprit

    Certain jour en flagrant délit,

    Et dont j'achète le silence.

Convenez maintenant que j'ai d'assez bons yeux;

Oui, vous êtes l'oiseau du souverain des Dieux ;

Veuillez donc me jeter ma proie accoutumée ;

Car j'ai faim, n'ayant rien mangé de la journée.

Le Faucon dit tout bas : laissons-le dans l'erreur ;

  Il est d'ailleurs très-excusable ;

Il a pu se tromper à mon air de grandeur,

A ces ongles tranchans, à ce bec redoutable ;

Il lâche le morceau. Le Renard tout joyeux

S'en empare, se sauve et d'un ton d'ironie :

Faucon, mon bel ami, recevez mes adieux ;

Car vous êtes Faucon et Faucon pour la vie.

Qui fut sot? Le Faucon : mais pris dans ses filets,

Le Renard paya cher son adroit stratagème

Quand du poison mortel il sensit les effets.

Puissent tous les flatteurs être punis de même !

FABLE LX.

L'OURS ET LE PAYSAN.

Du vent ,et des frimats voulant se garantir
Un Ours avait eu soin de fermer sa tanière ;
   Mais lorsqu'il en voulut sortir,
Il y faillit périr de faim et de misère ;
La neige et la gelée en avaient fait un mur
     Si compact et si dur
  Qu'il n'en pouvait arracher une pierre ;
  Et ses efforts n'aboutissant à rien ,
 Désespéré, ne sachant plus que faire,
   Il se lamente, espérant bien
Qu'à force de crier quelqu'un pourra l'entendre.
Le hasard le servit : un pauvre villageois
   Vint à passer, il revenait du bois
Chargé d'un lourd fagot dans l'espoir de le vendre.

Aux cris de l'Ours il s'approche et l'entend
Supplier qu'on l'aidât, jurant et promettant
De payer largement cet important service;
Notre homme confiant et partant sans malice
Se met à travailler, s'aide tant et si bien

  D'un gros bâton, qu'en moins de rien
Il ébranle la masse et fait une ouverture
Par où l'Ours peut passer sans une égratignure.

  O mon ami, mon cher libérateur!
Dit l'Ours en l'embrassant, non sans lui faire peur;
Je n'oublierai jamais que je te dois la vie,
Je t'en donne ma foi; si tu le trouves bon

  Nous marcherons de compagnie,
  Car je craindrais que dans cette saison
Quelque loup affamé ne vînt pour te surprendre;
Au moins je serai là, je pourrai te défendre;
Grand merci, dit le rustre, et, prenant son fagot,
Il dirige ses pas vers son humble chaumière.
Ils n'en étaient pas loin lorsque, sans dire un mot,

  L'Ours tout pensif reste en arrière;
  Eh quoi! lui dit son compagnon,
  Seriez-vous las de me conduire?

  —Non; mais j'ai faim, et, s'il faut t'en instruire,
J'ai peur de succomber à la tentation
De te manger. —Oh ciel! et vous osez le dire!

Pour vous avoir sauvé vous allez me manger !

Vous prouveriez ainsi votre reconnaissance,

Vous qui même à l'instant m'en donniez l'assurance !

— J'en conviens et vraiment j'étais loin de songer

Qu'il fallait avant tout que la faim fût servie ;

Or j'ai faim, mais très-faim ; ce n'est qu'en te mangeant

    Que je pourrai sincèrement

Convenir que toi seul m'auras sauvé la vie.

— Ah ! dit le Villageois en tombant à genoux,

Quel changement subit ! d'où vous vient ce courroux ?

J'étais loin de m'attendre à cette ingratitude ;

— Bon, dit l'Ours en riant, où donc aurais-tu vu

Qu'on se souvînt long-tems d'un service reçu ?

    En a-t-on repris l'habitude ?

Tiens, je veux bien encore appuyer mes raisons

De l'avis des premiers que nous rencontrerons.

    Comme il parlait, un vieillard se présente,

Mutilé, souffreteux et dont la marche lente

N'avait pour tout appui qu'une jambe de bois.

On l'aborde, et tremblant le pauvre Villageois

    Du mieux qu'il peut lui raconte l'affaire.

Hélas ! dit le vieillard, seigneur Ours a raison :

    L'ingratitude est un poison

    Qui se propage sur la terre ;

J'en suis un triste exemple et je ne puis le taire :

J'ai servi ma patrie et pendant quarante ans

J'ai bravé sur la mer les vents et leur furie,

Dans plus de cent combats glorieux et sanglans

Je me suis distingué ; maintenant je mendie.

Il n'avait pas fini qu'arrivant à propos

Une femme à l'appui vint ajouter ces mots :

De mes nombreux enfans j'ai soigné la jeunesse,

Et pour leur faire un sort je leur ai tout donné,

Espérant qu'à mon tour j'aurais dans ma vieillesse

En leur reconnaissance un secours assuré.

Les ingrats!... Tu frémis ; ils m'ont fermé leur porte,

Ils n'ont, me disent-ils, pas même assez pour eux ;

    Mais bien loin d'agir de la sorte,

    Monseigneur sera généreux.

— Non, ma foi, répond l'Ours, c'est bien assez, je pense,

D'avoir jusqu'à présent poussé la patience.

Ah! dit le bûcheron tremblant et demi mort,

Levant les mains au ciel, daignez attendre encor

Cet ermite qui vient, et, pour dernière grâce,

Veuillez le consulter ; mettez-vous à ma place ;

S'il vous donne raison je subirai mon sort.

    L'ermite instruit prend la parole :

Tu m'imposes, dit-il, un bien pénible rôle ;

Car je n'ai jamais su taire la vérité ;

Aussi je ne crois pas tes jours en sûreté.

Que dire en ta faveur? Il est si peu d'exemples
Qu'à la reconnaissance on ait bâti des temples!
Puis s'adressant à l'Ours : sous un prétexte vain,
Vous me semblez cacher un désir inhumain,
Que n'allez-vous chasser comme à votre ordinaire,
Des Dieux vous n'auriez pas à craindre la colère,
Par elle tôt ou tard les ingrats sont punis.
A peine il a parlé que l'on entend les cris,
   Les aboiemens d'une meute égarée;
L'Ours veut fuir, mais en vain; par l'odeur attirée
Sur sa trace elle arrive, aussitôt le poursuit,
L'atteint, le met à mort, et, de sa peau sanglante,
      Bien loin de son attente,
En la vendant le rustre eut le produit.

L'ermite avait prédit la fin de l'aventure;
La peine suit de près l'ingrat et le parjure.

FABLE LXI.

L'AIGLE DUPE DU RENARD.

Un Aigle, un jour, planant dans l'air
Cherchait fortune; il voit une tortue,
Se précipite aussi prompt que l'éclair
Et la saisit de sa serre crochue.
Qu'en fera-t-il? on ne peut la plumer
De même qu'un oiseau; comment rompre l'écaille?
Ongles ni bec ne peuvent l'entamer,
Et c'est en vain que l'Aigle se travaille.
— Te voilà bien embarrassé,
Dit un Renard sortant de son repaire
Que le tems sous un roc semblait avoir creusé
Tout exprès pour loger mons de la Renardière :
C'est vraiment, lui dit-il, morceau des plus friands
Que la chair fraîche de tortue,

Et je crois que les Dieux ne l'ont ainsi vêtue

Que pour la garantir de la dent des gourmands;

J'ai tenté maintes fois d'en faire la conquête,

Et jamais je n'ai pu qu'en manger une tête;

    Mais c'est assez pour en juger;

  Si, comme toi, le ciel m'eût pourvu d'ailes,

  Je me rirais des écailles rebelles

Qui paraissent la mettre à l'abri du danger;

J'enleverais très-haut la dure prisonnière,

Je la laisserais choir sur ce morceau de roc

    Que tu peux voir tout près de ma tanière;

Et j'aurais pour régal la belle tout entière,

Sa cuirasse cédant à ce terrible choc,

— L'avis est bon, dit l'Aigle, et saisissant sa proie

Il l'enlève au plus haut, puis la laissant tomber,

De la manger à l'aise il se fait une joie.

    Plus prompt que lui, Renard de la gober

Et de gagner son trou. L'Aigle loin de s'attendre

    A ce tour-là, d'abord fut un peu sot;

Mais, calmant son dépit, il ne dit que ce mot :

Grand merci fin larron; car tu viens de m'apprendre

Pour manger tel gibier, comment il faut s'y prendre.

Princes, défiez-vous de ces adroits flatteurs

Qui vont vous présentant telle ou telle conquête

Comme facile et toute prête ;

Guidés par l'intérêt, c'est pour eux et les leurs

 Qu'ils voudraient voir s'étendre votre empire ;

Des places, des emplois, tel est leur point de mire.

FABLE LXII.

LE CERF-VOLANT.

Un Cerf-volant tout fier de l'élévation
Qu'il croyait ne devoir qu'à son propre mérite,
   Trouvait mauvais qu'à son ambition
Un importun cordeau vint mettre une limite :
   — Je saurai bien, dit-il en s'agitant,
    Vaincre ta folle résistance :
   Et le voilà qui tire tant et tant,
Qu'en rompant le cordeau, dans les airs il s'élance :
Mais sans guide et sans frein, au lieu de s'élever,
Entraîné par son poids, vers la terre il retombe ;
Par d'impuissans efforts il prétend se sauver,
Une mare était proche, il y trouve sa tombe.

Tel de nos jeunes gens las de son précepteur

N'aspire qn'au moment de marcher à sa guise,

Il n'a pas fait vingt pas qu'il connaît son erreur ;

Heureux s'il peut encor réparer sa sottise.

FABLE LXIII.

LA BONNE MÈRE.

Une femme allaitant son quatrième enfant,
  Se promenait auprès de sa chaumière;
Elle aidait du troisième, en tenant sa lisière,
Les pas mal assurés et le corps chancelant;
Les deux autres plus forts jouaient sur la verdure.
  En ce moment arrive une voiture
Qu'occupait tristement la dame du château;
A peine elle aperçoit ces enfans et leur mère,
Qu'elle fait arrêter, contemplant ce tableau
Qui lui peint un bonheur dont elle désespère :
Elle avait un époux; mais un stérile hymen
Trompait depuis dix ans sa plus chère espérance;
Elle appelle la femme et, lui tendant la main,
— Vous ne paraissez pas, dit-elle, dans l'aisance,

Et jeune encor, je vous vois quatre enfans,

Tous les quatre jolis, gais, vifs et bien portans ;

Mais, sur les deux aînés, c'est la petite fille

Qui l'emporte à mes yeux ; on n'est pas plus gentille !

Que je l'embrasse.... Ah, Dieu ! je sens mon cœur ému

    D'un sentiment qui m'était inconnu.

Sans doute il est celui que ressent une mère

Pressant contre son sein l'enfant qu'elle nourrit :

    Voyez-la donc, comme elle me sourit !

Me tend ses petits bras que retient sa lisière ;

    Ses jolis yeux ont-ils lu dans mon cœur ?

Que de soins je prendrais pour faire son bonheur,

Le vôtre aussi ! — Je vous entends, Madame ;

    N'achevez pas, vous attristez mon âme :

    Me séparer de mon aimable enfant !

Non, quel que soit le prix d'un pareil sacrifice,

Vous ne l'obtiendrez pas ; rendez plus de justice

A l'amour maternel ; est-il somme d'argent

Qui puisse remplacer le plaisir d'être mère ?

Le travail nous suffit pour bannir la misère

De notre humble réduit ; et, pour nous délasser,

Nos enfans tour à tour viennent nous embrasser ;

    Ils sont pour nous des dons de la fortune :

Pardon, je m'aperçois que je vous importune ;

Vous enviez mon sort ; puissiez-vous, avant peu,

Le partager ; agréez-en le vœu.

— Hélas ! veuille le ciel, lui répondit la Dame,

Exaucer vos souhaits ; mais j'en ai peu l'espoir :

Acceptez cette bourse, heureuse et bonne femme ;

Adieu jolis enfans, je reviendrai vous voir.

A ces mots, remontant dans son leste équipage,

Elle part, et des pleurs inondent son visage.

FABLE LXIV.

LE POMMIER.

Un essaim échappé de sa ruche nourrice,
Avait pris son essor dans le vague des airs,
Cherchant pour s'arrêter un asile propice,
A l'abri des autans et du froid des hivers.
Un Pommier sauvageon, enfant de la nature,
Heureusement placé le long d'une masure,
Voyait lever l'aurore et coucher le soleil.
Un creux assez profond, sous l'écorce minée,
Offrait à cet essaim un logis sans pareil :
— Il faut nous y fixer, dit la Reine charmée,
Et la troupe docile au même instant la suit :
On se livre au travail il n'est point encor nuit ;
Que tout est préparé pour l'active ouvrière
Qui, dès le point du jour, sortira la première.

Au bout de quelque tems l'essaim est aperçu,

  Et ce Pommier presque inconnu,

 Devient l'objet de plus d'une visite

  Qu'il attribue à son mérite.

— Je ris de ton erreur, dit un Buisson voisin,

De nouveaux agrémens ornent-ils ton feuillage?

Tes fruits ont-ils perdu leur âpreté sauvage?

 Non pauvre sot! c'est donc sur cet essaim

Que les yeux sont fixés : comme lui sois utile,

Et tu pourras alors regarder comme à toi

Les soins que l'on prendra de ta tige fertile.

On n'estime jamais qui n'est bon que pour soi.

FABLE LXV.

LE PAON ET LA GRUE.

Un Paon, tout fier de son brillant plumage,
Orné des yeux du malheureux Argus,
Se croyait le premier des oiseaux du bocage,
Bien qu'il n'eût d'autre chant que de longs cris aigus.
Rêvant à son mérite, il rencontre une Grue,
L'aborde avec orgueil, à peine la salue,
Et, comme fait un sot couvert d'un bel habit,
Hésite à lui parler; mais enfin il lui dit :
— Ma chère, en vérité, la nature est bizarre,
Prodigue pour les uns, pour les autres avare,
Vois quelle différence elle a mise entre nous :
— Je vous entends, répond la Grue,
Je suis mal faite et dépourvue
De ces vives couleurs qu'on remarque sur vous;

Mais à quoi bon ce brillant étalage?

Sans force, sans adresse et même sans courage,

Vous ne pouvez braver le plus faible animal,

Vous marchez pesamment et vous volez très-mal;

Avec de tels défauts on doit être modeste,

Et ne pas s'attirer de mauvais complimens;

Vous êtes beau, d'accord; mais que devient le reste,

Dépouillé de ces vains et riches ornemens?

Je puis d'un vol rapide échapper à la vue,

Et planer au-dessus de la plus haute nue;

Je crains peu d'ennemis, j'attaque les serpens,

L'aspic et la vipère, animaux malfaisans;

Et pour mes qualités partout on me révère :

Eh bien! vous le voyez, je n'en suis pas plus fière.

FABLE LXVI.

LES DEUX MARCHANDS ET LE MEUNIER.

Un gros marchand forain monté sur son bidet,
En traversant un bois aperçoit un coffret.
Le gaillard lestement descend de sa monture,
Et court le ramasser ; il le trouve pesant,
   Pense aussitôt qu'il est rempli d'argent,
Et, pour s'en assurer, il brise la serrure.
Que voit-il ? des écus pêle-mêle entassés
Avec des pièces d'or ; mais ce n'est point assez :
   Voulant connaître sa richesse,
  Il va s'asseoir sur le bord du chemin,
Et se met à compter ; il tirait à la fin,
  Lorsque survient un Meunier dont l'adresse
A dîmer sur les bleds portés à son moulin,
  En avait fait un riche citadin :

— Je t'ai bien vu, dît-il, ramasser la cassette

Dont, un instant plus tard, j'aurais pu m'emparer ;

Si tu veux qu'entre nous la chose soit secrète,

Il m'en faut bonne part, ou je vais déclarer

Que tel jour, à telle heure... — Apprends que ta menace,

Répond l'homme aux écus, m'intimide fort peu :

 Puis se levant : nous allons voir beau jeu

 Si promptement tu ne quittes la place :

Un gros bâton ferré, qu'un poignet vigoureux

Brandissait à l'appui d'une œillade sévère,

Fait que le farinier avec un air piteux

 Sans dire mot se retire en arrière.

Le Marchand se calmait, lorsque, sortant du bois,

 Un homme à leurs yeux se présente,

Son dos était chargé d'une balle pesante :

— Bon jour, Messieurs, dit-il, je vois qu'entre nous trois,

Et vous en conviendrez, grande est la différence ;

Sans en avoir besoin, vous trouvez un trésor ;

Celui-ci, bien que riche, en veut avoir encor ;

Moi je n'ai pour tout bien que la seule espérance ;

Ma pacotille est mince et petit est mon gain ;

Jusqu'ici, cependant, ils m'ont donné du pain ;

Ils prospèrent un peu ; mais lente est leur allure ;

Ah ! s'il me survenait quelque heureuse aventure

Comme à vous aujourd'hui, borné dans mes projets

Je toucherais bientôt au but de mes souhaits.

— Eh bien, dit le Marchand, puisque de ma richesse
Tu n'es point envieux, et n'as rien demandé,
Je veux la partager pour prix de ta sagesse,
Et punir ce fripon de sa cupidité :

    — Tiens, mon ami, puise dans ma cassette
    Prends hardiment, fais quelque bonne emplette,
Et puisse, avec le tems, cet imprévu secours
Te donner les moyens d'étendre ton commerce,
Sagesse et probité réussissent toujours :
Le témoin en faillit tomber à la renverse.

    Qui fut content ? ce fut le bienfaiteur,
    Puis l'obligé : quant au Meunier fraudeur,
        Il apprit par expérience,
        Que l'on accorde à la douceur
    Ce que bien rarement obtient la violence.

FABLE LXVII.

LE LÉOPARD ET LE RENARD.

QUE n'ai-je ton adresse et ta force en partage,
    Disait un jour certain Renard
    A son voisin le Léopard
Qui répandait partout la mort et le carnage !
— Eh quoi, dit ce dernier, n'ai-je rien à tes yeux
    Qui te convienne davantage?
    — Non, j'examine et ne vois rien de mieux ;
Je suis assez pourvu de ruse et de courage,
Plus fort, je me croirais au comble de mes vœux.
Le Léopard, tout fier de son rare pelage,
Ne pouvait concevoir qu'on ne l'enviât pas ;
    Mais le Renard beaucoup plus sage
    Lui répondit : Avec de tels appas
On me verrait de loin, on me fuirait plus vite,

Ou l'on mettrait valets et chiens à ma poursuite ;
Si j'avais à changer d'habit et de couleur,
Je les remplacerais par un sombre plumage,
Moins voyant, et plus propre à servir au voleur
   Qui n'en est point à son apprentissage.

Ce Renard aurait-il pris des leçons chez nous ?
Car toujours déguisé le fourbe se présente :
S'il nous tend une main, l'autre frappe les coups
Que ne soupçonnait point une âme confiante.

FABLE LXVIII.

LES DEUX LINGOTS.

Deux Lingots d'or d'égale pesanteur,
Gisaient chez un Orfèvre au fond d'une tablette ;
Un habile Sculpteur de l'un d'eux fit emplette
    Pour en former un buste d'empereur.
Le Lingot délaissé voyant partir son frère,
    Lui fit de pénibles adieux :
— Que je te plains, dit-il, une main téméraire
Va t'enlever moitié de ton poids précieux,
Te limer, buriner, faire tant qu'à la fonte
La balance entre nous m'adjugera le prix.
— Le sort le veut, dit l'autre, et j'y souscris sans honte,
Qui peut lui résister ? tu serais bien surpris
De me voir, en sortant des mains de cet artiste,
Valoir, par son talent, vingt fois plus qu'aujourd'hui :

Attendons tout du tems ; il verse à l'improviste

Et les biens et les maux qu'il amène avec lui.

C'était pour un Lingot très-bien parler, sans doute ;

Il allait ajouter quelque chose de plus,

Mais le Sculpteur l'emporte, et rêve dans sa route

Au buste projeté, celui du bon Titus.

L'artiste avec ardeur se livre à son ouvrage,

Cent fois il le retouche et n'est jamais content ;

Il voulait que chacun, en voyant cette image,

Reconnût ce monarque adoré, bienfaisant,

Qui comptait comme un jour perdu pour sa puissance,

Celui qui n'offrait point un acte de clémence.

A force de travail il parvient à son but ;

Pas un seul citoyen qui ne le reconnût,

Qui n'eût voulu le mettre au rang de ses Dieux Lares ;

Enfin pour l'acquérir il n'était plus d'avares.

L'Auteur le mit à prix : c'était une fureur ;

Mais l'Orfèvre en offrit une somme si forte,

Qu'il l'emporta sur tout compétiteur,

Et fier de son triomphe à son logis le porte.

Comme il faut le payer, il ramasse tout l'or

Non travaillé dans sa boutique ;

Le Lingot délaissé s'y reposait encor,

Et fut un des premiers jeté dans la barrique

Qui recueillait, pour être refondus,

Les débris destinés à former des écus.

— Eh bien, dit le Titus à son vieux camarade,

Ici, d'être devin, je ne fais point parade;

Mais tu vois que le sort nous dirige à son gré :

Qu'avais-je fait, dis-moi, pour être préféré?

Le hasard a conduit la main du statuaire,

Et, bien qu'il m'ait ravi la moitié de mon poids,

Son art a centuplé le prix de la matière,

Et je vaux, grâce à lui, cent fois plus qu'autrefois.

L'instruction est pour les hommes,

Ce que pour ce Lingot fut l'habile Sculpteur;

Elle nous fait ce que nous sommes,

L'occasion ensuite ajoute à sa valeur.

FABLE LXIX.

LA TABLE ET LE LIT.

Un rimailleur, suivant l'usage,
Occupait au cinquième étage
Un galetas dont tout le mobilier
Se composait d'une lampe fumeuse,
D'un canif, d'un grattoir, de plumes, de papier,
Que supportait à peine une Table boîteuse;
De plus, d'un pot de grès, d'un réchaud à deux pieds
Que calait, au besoin, la moitié d'une brique :
Deux assiettes, un plat, un lourd fauteuil antique,
Ne doivent point être oubliés :
Un chat, grippe-souris, formait son domestique;
Item, dans un recoin était placé son Lit
Où le pauvre Rimeur retrempait son esprit;
Dieu sait si le duvet y trouva jamais place.

Un débris de miroir figurait comme glace,

Et n'était consulté qu'au moment où l'auteur

Allait d'un manuscrit effrayer l'imprimeur.

Un jour se trouvant seuls, le Lit dit à la Table :

— N'es-tu pas, comme moi, lasse de ton métier?

A-t-on jamais servi maître plus misérable?

Que fait-il donc enfin pendant un jour entier,

Se tenant la mâchoire et se grattant la tête?

Tantôt levant au ciel ses deux yeux égarés,

Comme fait un pilote au fort d'une tempête;

Tantôt les abaissant et les tenant fermés,

On dirait qu'il s'endort; mais il n'est qu'immobile.

— Eh quoi! ne sais-tu pas, dit la Table débile,

Que notre homme est poëte, et qu'il fait des chansons

Qu'un Amphion crotté va chanter sur les ponts?

Qu'à tous les confiseurs il fournit des devises,

Des bouquets à Cloris, des madrigaux au cent,

Qui doublent de valeur toutes leurs friandises?

Mais son avare esprit l'abandonne souvent,

Il n'est que par boutade en humeur de produire :

— M'y voilà, dit le Lit, et je conçois très-bien

Que la tête est à sec quand l'estomac n'a rien;

Ce dernier sur l'esprit exerce son empire,

Et lorsqu'il est à jeûn, l'autre perd sa vigueur.

Crois-tu donc qu'un hareng, un morceau de fromage,

Réchauffent, à son gré, la verve d'un auteur,

Que refroidit encor l'insipide breuvage

Qu'il puise à la fontaine? et voilà comme vit

Notre sot écrivain qui se croit de l'esprit.

Avant lui je couchais un aussi pauvre hère;

Mais avec moins d'orgueil, il apprit un métier,

Parvint en peu de tems à bannir la misère;

Il fit plus, il devint excellent cordonnier.

Les grands et les petits ont besoin de chaussure;

Il s'est fait un renom, et sa fortune est sûre.

— Mais la gloire à tes yeux n'aurait-elle aucun prix?

Répond la Table, et l'autre de reprendre :

Un faiseur de rébus pourrait-il y prétendre;

Le nôtre meurt de faim, en serais-je surpris

Quand Gilbert, à grands pas, marchant dans la carrière,

Malgré son beau talent mourut dans la misère?

Si notre auteur m'en croit, il fera des souliers :

Mieux vaut la soupe aux choux que la soupe aux lauriers.

FABLE LXX.

LE CERCUEIL ET LE BERCEAU.

PAR un bizarre effet des caprices du sort,
Un Cercueil contenant les dépouilles d'un mort
Que la veille avait vu terminer sa carrière,
Gisait près du Berceau d'un enfant nouveau-né
Qui venait d'entr'ouvrir sa timide paupière,
Et prouver par ses cris qu'il avait respiré.
Ce Berceau, mécontent d'un voisin aussi triste,
L'invitait instamment à presser son départ :
Ton mort, lui disait-il, aurait dû sur la liste
Être inscrit des premiers et partir sans retard ;
Tu dois en convenir ; tout ce qui t'environne
Ne présente que pleurs, gémissemens et deuil ;
On recule, on frémit à l'aspect d'un Cercueil,
Et c'est en se hâtant que chacun l'abandonne.

Bien plus heureux que toi, le plaisir et l'amour
Viennent me visiter vingt fois, cent fois le jour ;
Quel qu'en soit le désir, si mon enfant sommeille,
On n'ose en approcher de peur qu'il ne s'éveille ;
Mais aussi de quels yeux on contemple ses traits !
Combien des deux époux les cœurs sont satisfaits !
N'en es-tu pas jaloux ! — Eh pourquoi, je te prie,
Lui répond le Cercueil? Moi jaloux ! nullement :
Notre sort est égal, bien qu'il soit différent,
Et nous pouvons jouer, sans nous porter envie,
Les actes principaux du drame de la vie :
Toi, l'exposition, et moi, le dénoûment.

FABLE LXXI.

LE CHANVRE ET LE ROSIER.

Un Rosier du Bengale, ornement d'un parterre,
Offrait avec orgueil ses abondantes fleurs :
Un humble pied de Chanvre, à la tige légère,
Végétait près de lui ; mais toutes les faveurs
Étaient pour le Rosier qui, fier de cet hommage,
Conseille au jardinier d'arracher un herbage
Dont l'insipide aspect dépare son jardin.
Le Chanvre, très-choqué de cet air de dédain,
Car on peut à la fois être fier et modeste,
Se dresse sur sa tige et lui dit d'un ton leste :
— Il te sied bien vraiment de faire ici la loi,
Et de quel droit veux-tu qu'on m'éloigne de toi ?
Serait-ce pour tes fleurs ? elles sont inodores,
Et peuvent rarement survivre à deux aurores ;

Crois-moi, ton seul mérite est de venir de loin,

Et, pour te transporter, on a pris trop de soin;

Car tu n'égales pas cent espèces de roses,

Qui dans ce même lieu près de toi sont écloses :

Leurs grâces, leurs beautés et leurs parfums exquis,

Réunis à l'éclat de leurs couleurs brillantes,

De leurs rameaux légers les formes élégantes,

Sur toi, dans tous les tems, emporteront le prix :

Sois donc moins orgueilleux et souffre un peu, de grâce,

Qu'avec plus de raison avant toi je me place :

Je sais que mon aspect ne flatte point les yeux;

Mais, loin d'en murmurer, j'en rends grâces aux Dieux :

On ne mutile point ma tige encor vivante,

Et la faucille attend qu'elle soit expirante :

C'est alors que les arts, en s'emparant de moi,

Vont prouver de combien je l'emporte sur toi :

Je ne parlerai point de mes graines huileuses;

On sait que les oiseaux les trouvent savoureuses;

Les débris de ma tige, avec soin conservés,

Fournissent ces flambeaux que la moindre étincelle

D'un peu de soufre aidée a bientôt enflammés,

Et dont la ménagère allume sa chandelle;

Mes feuilles, mes rameaux, utiles à leur tour,

Quand ils sont desséchés, viennent chauffer le four;

Mais je compte pour rien ces légers avantages,

Et mon écorce seule a droit à des hommages

    Qu'elle reçoit également

    Et du riche et de l'indigent.

L'hiver, quand les frimats rendent impraticable

La culture des champs, on choisit une étable

Où, mieux qu'en un salon, respire l'enjouement

Qu'anime le récit de quelque événement.

Là, chaque femme apporte ou rouet ou quenouille

Et convertit en fils mon utile dépouille ;

Mais ce n'est rien encor, retiens, si tu le peux,

Toi qui me méprisais, les services nombreux

Que je rends aux humains, sans être moins modeste ;

De mes fils les plus fins vois la jeune Céleste,

Sous ses doigts délicats agitant ses fuseaux,

Former, à volonté, dentelles ou réseaux ;

Des brins moins déliés dont le rouet agile

Sait unir, au besoin, la faiblesse docile,

La navette se couvre, et l'adroit tisserand

En a bientôt créé ce premier vêtement

Qu'on revêt en ouvrant les yeux à la lumière,

Et qu'on revêt encore à son heure dernière ;

La toile enfin que l'art, ourdissant à son gré,

Du tissu le plus fin amène par degré,

En augmentant sa force, à procurer des ailes

A ces vaisseaux pesans, mobiles citadelles,

Qui des flots irrités méprisent le courroux,

Et, domptant les efforts des aquilons jaloux,

Savent en profiter, guidés par la boussole,

Pour parcourir les mers de l'un à l'autre pôle.

C'est moi qui leur fournis ces dociles agrès

Au signal du pilote à servir toujours prêts.

Le pêcheur, de mes fils qu'en cent façons il tresse,

Fabrique ses filets, et la ligne traîtresse

Qui, masquant d'un appât son perfide hameçon,

Fait courir à la mort le crédule poisson.

Ne crois pas que je borne à ces métamorphoses

Mes utiles emplois qui valent bien tes roses;

Il en est encore un, et, bien que le dernier,

De l'imiter en rien je puis te défier :

Les choses d'ici-bas ne sont pas toujours neuves;

Quand le tems destructeur a miné mes produits,

Que, fatigués enfin de ces longues épreuves,

En ignobles lambeaux ils se trouvent réduits;

C'est alors que prenant une forme nouvelle

Sous les coups du moulin, qui déjà les appelle,

Ils savent se venger de ce profond mépris

Qu'on leur vouait avant d'en connaître le prix :

Le commerce, les arts, le luxe et l'indigence

Ont recours au papier qui me doit l'existence;

Les lumières, par lui, se répandent au loin

Grâce à l'imprimerie; et ses feuilles discrètes,

Des sentimens du cœur fidèles interprètes,

Pour l'amant ou l'ami deviennent un besoin.

Je ne finirais pas si je voulais tout dire;

    Mais c'en est bien assez, je crois,

   Sot arbrisseau qui rampes devant moi,

   Pour réprimer ton orgueilleux délire!

Ce Chanvre avait raison; mais on verra long-tems

Le brillant l'emporter sur ce qui n'est qu'utile;

On consulte les yeux bien plus que le bon sens,

C'est un vieux radoteur qu'on traite d'imbécile.

FABLE LXXII.

LE CERISIER ET L'ORMEAU.

Je suis vraiment peiné, mon triste et cher voisin,
Disait un Cerisier à l'Ormeau son compère,
De te voir toujours seul, l'air pensif et chagrin ;
Moi, je mourrais d'ennui si j'étais solitaire ;
Grâce au ciel, mes rameaux sont couverts d'habitans
Chantant, sifflant toujours, gais, vifs et sémillans,
Du matin jusqu'au soir ne cherchant qu'à me plaire,
Donnant la chasse aux vers qui sont mes ennemis ;
Pour tout dire, en un mot, ce sont de vrais amis.
— Depuis quand, dit l'Ormeau, vous sont-ils si fidèles ?
— Depuis quand ? je ne sais ; mais c'est depuis long-tems.
— Long-tems ! reprit l'Ormeau, c'est depuis qu'au printems
On vit se colorer vos cerises nouvelles :
Mais, avant qu'il soit peu, du train dont ils y vont,

Je crains pour vous la solitude.

— Eh quoi! tu penserais qu'ils me délaisseront?

Qu'ils pourraient jusque là pousser l'ingratitude?

   — Oui, je le crains. Et l'Orme avait raison ;

Le Cerisier bientôt se voit dans l'abandon :

    Il n'a plus rien, chacun le quitte ;

   Chacun ailleurs va prendre ses ébats :

Ce n'était qu'à ses fruits que l'on rendait visite ;

    Notre sot ne le croyait pas.

Un frondeur, médisant de l'humaine nature,

Dit que de vos amis le nombre va croissant

Plus votre cuisinier fait preuve de talent ;

En admettant le fait, on en pourrait conclure

Que maints de ces amis n'aiment que vos repas :

Moi, si je le pensais, je ne dirais pas ;

Je craindrais au lecteur d'adresser une injure.

FABLE LXXIII.

LE SAUMON, LE BROCHET ET LE CORMORAN.

Je regrette le tems où les bêtes parlaient,

Les animaux s'entend, on pourrait s'y méprendre :

  Que de leçons ces bêtes nous donnaient !

  Il n'était sourd qui ne pût les entendre.

  Or, en ce tems, existait un Saumon

Qui, pressé du désir d'acquérir des lumières,

Dans l'espoir d'être un jour utile à ses confrères,

Se mit à voyager pour son instruction.

Après avoir erré long-tems à l'aventure,

Sans que d'objets nouveaux il eût été frappé,

Il se voit tout à coup par le flux entraîné

    Vers un fleuve à large embouchure.

Surpris, il veut en vain résister au courant

Qui, malgré lui, l'emporte et le pousse en avant :

Du fleuve et de la mer observant la querelle,
Et trouvant au mélange une saveur nouvelle :
Je touche enfin, dit-il, au but de mes travaux;
Je ne me trompe point, et voici d'autres eaux
Que celles de l'empire où le ciel m'a fait naître :
Avançons hardiment, je veux les bien connaître,
    Connaître aussi leurs habitans;
  J'ai du courage et d'assez bonnes dents,
  J'y vois trop clair pour me laisser surprendre,
  Et, s'il le faut, je saurai me défendre.
A ces mots, résolu d'affronter les hasards,
Il s'élance et franchit un assez long espace,
  Explorant tout, et portant ses regards
  A droite, à gauche, au fond, à la surface.
Pendant qu'il voyageait, le reflux commençant
Rendait un libre cours à l'onde prisonnière;
Plus de mélange alors : nouvel étonnement
De la part du Saumon en pleine eau de rivière :
  Comme il cherchait à s'en rendre raison,
  Il aperçoit un assez gros poisson
Qui nageait droit à lui; mais se trouvant de taille
  A ne point craindre la bataille,
Il s'arrête et l'attend : le doyen des Brochets,
Monarque de ces lieux, très-craint de ses sujets,
  S'avance alors et vient à sa rencontre,

L'aborde poliment, jugeant à sa grosseur

Qu'il est chez ses pareils au moins un grand seigneur :

— Vous êtes étranger, dit-il, tout le démontre,

Votre air, votre costume, et je serais ravi

De pouvoir, à mon gré, vous être utile ici.

— Je suis reconnaissant de votre courtoisie,

Lui répond le Saumon, je vous en remercie,

Et, pour en profiter, je voudrais bien savoir

D'où provient la fadeur des eaux dont je m'abreuve ;

Depuis quelques instans j'en fais la dure épreuve,

Mon palais dégoûté ne peut les recevoir,

Et je me vois contraint d'abréger mon voyage :

— Vous m'étonnez, Seigneur ; depuis que je suis Roi,

Et c'est depuis long-tems, ni mes sujets, ni moi,

N'avons trouvé cette eau moins propre à notre usage ;

Peut-être la fatigue a causé ce dégoût ;

Dînons, et choisissez poissons à votre guise,

Il en est par milliers dont la chair est exquise :

Le barbillon, la carpe et l'anguille surtout ;

Je vais vous les montrer : ils se mettent en chasse,

Le Saumon goûte à tout, à tout fait la grimace,

Et, bien que l'appétit commence à le presser,

Son gosier se refuse à rien laisser passer.

— C'est pousser assez loin, dit-il, l'expérience,

Plus je vais en avant, moins je suis satisfait ;

Puis, voulant s'acquitter envers sire Brochet

De son aimable accueil et de sa complaisance,

Il l'engage à venir visiter à son tour

Son beau pays : alors il verra par lui-même

Des eaux et des poissons la différence extrême :

Certes nous y serons avant la fin du jour,

Et Votre Majesté ne sera plus surprise

Du dégoût que tantôt j'ai montré malgré moi :

La curiosité chez les Rois est de mise,

Et le gourmand Brochet se soumet à sa loi.

Le projet accepté, côte à côte ils s'avancent

Vers le vaste Océan, dont les flots recommencent

    A s'élever, mais d'abord lentement.

Jusque là le Brochet nage avec assurance

    Et n'aperçoit aucune différence

Dans la saveur des eaux; il le dit poliment

    A son compagnon de voyage :

— N'ayant point, jusqu'ici, quitté votre rivage,

Lui répond le Saumon, il n'est pas étonnant

Que vous n'ayez encor trouvé nul changement;

Mais, prenez patience, avant qu'il soit une heure,

Nous aurons, loin de nous, laissé votre demeure,

Et vous verrez alors.... Il n'a point achevé,

Que déja de la mer le goût âcre et salé

    Se fait sentir à l'habitant d'eau douce,

Qui d'abord ne dit rien, l'aspire et la repousse ;

Mais, n'y pouvant tenir, il s'adresse au Saumon :

— Est-ce donc là, Seigneur, cette eau si délectable

Qu'à la nôtre, tantôt, vous trouviez préférable?

A parler franchement, cent et cent fois pardon,

    Moi, je la trouve détestable.

Un sage Cormoran, qui près de là pêchait,

Ayant de leurs débats entendu le sujet,

    S'approche d'eux en qualité d'arbitre :

— Permettez-moi, dit-il, de vous mettre d'accord ;

Car, pour perdre ou gagner vous avez même titre,

Ayant raison tous deux et tous deux ayant tort :

Vous, Saumon, vous trouvez que l'eau douce est trop fade ;

Rien n'est moins étonnant, et, de votre escapade,

C'était l'unique fruit que vous deviez cueillir :

Vous, Brochet, entraîné par la gloutonnerie,

Vous espériez avoir, au gré de votre envie,

Poissons plus succulens et poissons à choisir ;

    Mais l'eau de mer trompe votre espérance ;

Vous la trouvez trop âcre et vous avez raison ;

L'eau douce vous convient, l'onde amère au Saumon ;

Or, en quittant les lieux où vous prîtes naissance,

Tous deux avez eu tort : Retournez au plus tôt,

Chacun à l'élément qui vous est salutaire ;

L'Auteur de l'univers savait bien ce qu'il faut

Aux nombreux animaux dont il peupla la terre.

Humains, du Cormoran méditez bien l'avis :
Réfléchissez avant d'entreprendre un voyage;
On voit très-rarement l'homme prudent et sage
Chercher fortune ailleurs et quitter son pays.

FABLE LXXIV.

L'HORLOGE ET SON PENDULE.

Maudit soit l'inventeur du Pendule importun
Qui maîtrise ma course et me tient à la chaîne :
Il fallait qu'il n'eût pas le moindre sens commun
Pour m'avoir imposé ce fardeau qui me gêne :
Une Horloge placée au milieu du fronton
D'un superbe château, critiquait sur ce ton

    Un des chefs-d'œuvre de Le Pautre,
Morceau qui seul eût fait la fortune d'un autre.
Le Pendule ennuyé de ce ton impudent,
Résolut de punir l'ignorante étourdie;

    Il se détache au même instant,
L'abandonnant aux poids qui lui donnent la vie :
Alors, libres du joug et n'ayant plus de frein,
Rouages de courir et d'aller si grand train,

Emmenant avec eux les aiguilles dociles,

Que celles-ci vingt fois, en moins d'un quart de jour,

Du cadran immobile ont parcouru le tour,

Et pour marquer le tems deviennent inutiles.

On peut imaginer quel joli carillon

Faisait de son côté la triple sonnerie :

On ne sait ce que c'est, l'alarme est au canton,

    Car c'est au moins un incendie!

On accourt, que voit-on? Dame Horloge aux abois

Et près de s'arrêter, lorsque pour plus d'un mois,

En se laissant régler et n'étant pas si leste,

Elle eût eu pour marcher du cordage de reste :

— Eh bien! dit le Pendule, est-il encore un sot

Celui qui me donna l'emploi de te conduire?

    Non, j'en conviens, dit l'Horloge : à ce mot,

Le Pendule consent à reprendre l'empire

Qu'il avait eu sur elle, et, depuis ce moment,

L'ordre étant rétabli, tout marche exactement.

On peut voir dans ce conte un jeune homme indocile

Qui, sorti du collége et fier de quelques prix,

Ne trouve en son mentor qu'un pédant inutile

Dont il n'a plus besoin, puisqu'il a tout appris.

Voulant le corriger de son orgueil extrême,

Le sage précepteur l'abandonne à lui-même;

Le jeune homme effréné se livre à ses penchans,
Ne voit que des joueurs, des fous, des intrigans,
Son cœur novice encore ignorant le parjure,
Se croit l'heureux vainqueur d'une Laïs impure,
Et, l'abus des plaisirs altérant sa santé,
Il se rappelle alors l'ami qu'il a quitté.
Mais celui-ci, de l'œil, veillait sur sa conduite,
Et voyant les regrets qu'elle entraîne à sa suite,
Il vient le consoler, le ramène au logis
Où le père indulgent tend les bras à son fils,
Pardonnant aux écarts de cet âge incrédule.

Lecteur, n'est-ce pas là l'Horloge et son Pendule?

FABLE LXXV.

LE CHIEN ET LE MARI BRUTAL.

———◦———

Un malotru battait sa femme,

Et la battait si rudement,

Que bientôt elle eût rendu l'âme,

Si le hasard, en ce moment,

N'eût fait passer un Chien de taille

A mettre fin à la bataille,

Ce qu'il fit en apostrophant

Le rustre, ainsi qu'on le raconte :

— Dis-moi, bourreau, n'as-tu pas honte

D'agir aussi brutalement

Envers la moitié de toi-même,

Envers la mère de l'enfant

Qui fait ton bonheur et qui t'aime?

Je ne sais trop pourquoi, mais on traite de Chien

Celui qui, parmi vous, ne se conduit pas bien :

Pour un oui, pour un non, pour une bagatelle,

Chien par-ci, chien par-là, dans la moindre querelle ;

Malgré votre raison, bien plus sages que vous,

Humains, quelque débat qui s'élève entre nous,

Vit-on jamais un Chien maltraiter sa femelle ?

FABLE LXXVI.

LE SCULPTEUR ET LE SQUELETTE.

Un Sculpteur, dans son atelier,
Au nombre des objets dont l'étude est utile,
Possédait un Squelette entier
Et dont chaque os était mobile.
Un soir qu'il méditait le projet du tombeau
D'une femme célèbre au tems de sa jeunesse,
Ce lugubre sujet vint troubler son cerveau
Et porter dans son âme une sombre tristesse.
C'est en vain qu'il voudrait terminer son dessin ;
Son cœur est agité d'une terreur secrète ,
Et ses yeux égarés rencontrant le Squelette,
Le crayon à l'instant s'échappe de sa main ;
Un soupir est sorti de sa poitrine émue,
Et des pleurs spontanés obscurcissent sa vue :

Eh quoi! s'écria-t-il, celle dont la beauté
A Vénus elle-même eût disputé l'empire,
Celle dont je voulais à la postérité
Transmettre les attraits, le séduisant sourire,
N'en a rien conservé que le spectre hideux
Qui vient en ce moment épouvanter mes yeux!
Le Squelette à ces mots baisse deux fois la tête :
O ciel! dit le Sculpteur, est-ce une illusion?
En se mouvant deux fois la tête lui dit non.
A ce signe nouveau son sang troublé s'arrête;
Il chancelle et le bruit qu'il a fait en tombant
Attire le secours d'un voisin obligeant.
Lentement, mais enfin il revient à la vie,
Et dès qu'il peut parler... — Dites-moi, je vous prie;
Demande le voisin, par quel événement
Avez-vous éprouvé ce subit accident?.
— Comment? ah! mon ami, je le dis à ma honte,
Lui répond le Sculpteur; alors il lui raconte
Les signes du Squelette à deux fois répétés.
— Vous étiez endormi, vous les avez révés,
Dit le voisin. — Non, ma foi, je vous jure,
Que rien n'est moins plaisant qu'une telle aventure.
— Et moi je veux en rire, et vous rirez aussi
De la folle terreur dont vous êtes transi :
Allons, mon beau Squelette, à nous deux la partie :

Voyez comme il se meut... Réponds, je t'en supplie,

Un signe ou deux... Quoi, rien!... Vous verrez qu'un soufflet

Le mettra plus en train... Il le donne en effet;

Mais, ô merveille! un rat s'élance et saute à terre,

     Puis lestement gagne son trou.

Ah! ah! dit le voisin, vóilà tout le mystère :

L'animal en rongeant les vertèbres du cou

De l'innocent Squelette, en ébranlait la tête

Tantôt de gauche à droite ou bien de haut en bas,

Et répondait ainsi dans l'un et l'autre cas

Au Sculpteur qui se dit : ma foi j'étais bien bête!

Remis de sa frayeur, il en rit à son tour,

L'ami pour rire encor ne se fait point attendre;

Mais il aurait voulu qu'il fût déjà grand jour,

Pour conter l'aventure à qui voudra l'entendre.

Combien d'événemens paraissent merveilleux

Qui sont très-naturels quand leur cause est connue!

Le sage ne croit point ce qu'il voit par ses yeux,

S'il ne trouve d'accord sa raison et sa vue.

FABLE LXXVII.

L'AVARE ET LE COFFRE-FORT.

Un large Coffre-fort regorgeant de guinées
Par un insigne Avare à grand' peine amassées,
Murmurait vivement de ne s'ouvrir jamais,
Pas même pour l'achat d'une place au palais,
Bien que ce soit le but où vise la richesse.
Loin que d'un seul schelling il voulût faire un don,
Notre homme frissonnait au seul mot de largesse;
Donner était pour lui synonyme à poison.
Dans une nuit féconde en pavots somnifères,
Deux voleurs bien au fait du caveau recéleur,
(Qui les en instruisit? cela n'importe guères,)
Parvinrent de son mur à percer l'épaisseur;
Mais le Coffre est de fer, garni de dix serrures,
Trop large et trop pesant pour être transporté;

Comment briseront-ils ses solides ferrures?

Ils y réfléchissaient quand, du Coffre ébranlé,

Sort un gémissement avec peine exhalé,

Puis ce mot : *Attendez.* Cette voix sépulcrale

Qui leur paraît sortir d'une bouche infernale,

Les saisit de frayeur ; ils tombent à genoux.

  — Ne craignez rien, rassurez-vous,

 Reprend la voix ; mais sur cette aventure

Jurez-moi de garder le plus profond secret ;

Votre sort en dépend ; votre fortune est sûre

Si vous n'abusez pas de mon rare bienfait :

Surtout n'imitez point ce misérable avare

Que je prétends punir, et dont le goût bizarre

Est de posséder tout et de n'user de rien.

Avec le malheureux partagez votre bien,

De l'infirme vieillard écartez la misère,

Protégez l'orphelin et servez-lui de père ;

A ces conditions le trésor est à vous.

— Puissant magicien, car sans doute vous l'êtes,

Et du grand Salomon l'un des sages prophètes,

Nous jurons d'obéir à des ordres si doux :

Hélas ! vous le savez, le besoin qui nous presse,

Nos femmes, nos enfans expirant de faiblesse,

Et les refus constans de notre dur voisin,

Nous ont seuls inspiré cet infâme dessein

Dont un remords vengeur nous eût punis sans cesse.

Ils ont dit : de nouveau le Coffre est ébranlé,

Après de longs efforts son couvercle emporté

Laisse voir une vieille édentée et boiteuse

Qui fait en souriant une grimace affreuse.

Mais aussi bonne au fond qu'effrayante au dehors,

Elle dit aux larrons : vous m'avez délivrée

Du pouvoir supérieur d'une méchante fée ;

Jalouse du haut rang que je tenais alors,

Elle a pu me réduire en vapeur invisible,

M'enfermer dans ce Coffre, espérant m'y tenir

Pendant un siècle entier, croyant, chose impossible,

Que le hasard, qui seul pouvait me secourir,

Se présentât jamais tant il était bizarre :

Il fallait à la fois que ce fût un avare

Qui possédât le Coffre et n'en retirât rien ;

Que deux de ses voisins, jusque-là gens de bien,

Mais privés tout à coup de leur fortune entière,

Et pressés par l'excès d'une longue misère,

Pour la première fois devinssent des voleurs :

C'est à vous que je dois la fin de mes malheurs ;

Allons, mes bons amis, sans tarder davantage,

Saisissez le moment, mettez-vous à l'ouvrage,

Dans les mains d'un avare à quoi bon cet argent ?

Vous êtes à l'abri de tout événement,

Et du moindre soupçon je garantis vos têtes.

Qu'on ne demande point si leurs mains furent prêtes ;

L'un reçoit en dehors et prend, sans les compter,

Les sacs que le second s'empresse de porter ;

   Il lui fallut plus d'une course ;

Mais enfin il parvient à la dernière bourse,

En rend grâce à la fée, et, lui baisant la main,

Reprend de son logis le ténébreux chemin.

Celle-ci d'un coup d'œil a remis tout en place,

Effacé des voleurs jusqu'à la moindre trace,

Et réparé le mur avec soin et si bien

Que l'œil le plus perçant n'y reconnaîtrait rien.

L'Avare, cette nuit, eut un sommeil pénible,

Il cherchait en rêvant son riche Coffre-fort

Et ne le trouvait point. Plus pâle que la mort,

Il s'éveille en sursaut à ce songe terrible,

Se jette à bas du lit, se couvre d'un manteau,

Prend sa lampe et descend les marches du caveau,

Puis d'un œil inquiet visite la serrure :

On ne l'a point forcée, alors il se rassure,

Sans bruit ouvre la porte et la ferme soudain ;

Vers le Coffre il s'avance et le trouvant tranquille,

C'est bien lui, se dit-il, en y portant la main ;

Pour craindre qu'on l'enlève, il faut être imbécile,

Outre son poids énorme, il est si bien ferré !

Mais pour calmer mon cœur sottement alarmé,

Visitons le dedans, le moyen est facile :

Il ouvre, et, de stupeur demeurant immobile,

Ne voit au fond du Coffre, au lieu d'or, qu'un écrit

Qu'il prend en frémissant et sur lequel il lit :

L'or n'a de prix réel qu'en servant l'industrie,

C'est lui qui donne aux arts l'aliment et la vie :

Avare, ton trésor circule en ce moment,

Et cent bras, grâce à lui, sont mis en mouvement.

    Si te voler fut un acte blâmable,

Un pouvoir plus qu'humain s'en est rendu coupable,

Il doit en être absous par l'emploi qu'il en fit.

Réduit au désespoir l'Avare se pendit.

FABLE LXXVIII.

L'HERMINE ET LE CAMÉLÉON.

L'HERMINE et le Caméléon,

Très-différens d'humeur et de figure,

Se promenaient dans un vallon

Dont un lac transparent terminait la verdure.

De ses voisins, en pareil cas,

On cause un peu, car c'est l'usage;

Tout en causant, on parvient au rivage :

Un sable noir se trouve sous leurs pas;

Caméléon s'avance et, reflétant la plage,

De vert qu'il paraissait, devient d'un très-beau noir.

L'Hermine en est surprise et ne peut concevoir

Ce changement subit; pour elle, avec prudence,

De peur de se tacher, elle prend un détour

Dont le Caméléon est surpris à son tour :

Ce sable, lui dit-il, a de la consistance;

Pourquoi vous détourner? sans crainte suivez-moi :

— Je m'en garderai bien, dit l'Hermine effrayée,

En voyant votre peau subitement changée,

J'ai craint un pareil sort, j'en suis tout en émoi :

Vous ne savez donc pas qu'au péril de ma vie,

Je ne risquerais pas de ternir ma blancheur.

— Votre habit est fort beau ; mais, ma très-chère amie,

La vie est, à mes yeux, de plus grande valeur.

Moi je prends au besoin la couleur qu'on m'impose;

Tantôt blanc, tantôt noir, tantôt couleur de rose;

Eh! que m'importe, au fond, telle ou telle couleur

Qu'on ne peut remarquer qu'à mon extérieur;

Vous voulez rester blanche aux dépens de la vie,

C'est, je l'avoue, une étrange folie :

On ne vit qu'une fois, il faut en profiter

Et se plier au joug qu'on ne peut éviter.

Ce conseil, dit l'Hermine, est bon, peut-être, à suivre

Pour ceux qui se sont fait habitude de vivre

Sans pudeur, sans vertu, sans foi, sans probité;

Cela se voit, dit-on, chez l'humaine nature;

Mais j'ai reçu du ciel une blanche fourrure,

Je veux lui conserver toute sa pureté.

Ce dit-on de l'Hermine est sans doute une injure,

Bien des gens le prendront pour une vérité.

FABLE LXXIX.

L'ANE VERT.

Le public est malin, des traits de la satire
Il se plaît à frapper celui qui prête à rire ;
Mais soudain il l'oublie au moindre événement
Qui donne à sa malice un nouvel aliment.

Malgré ses soixante ans, une fille peu sage
Résolut de porter le joug du mariage.
Elle avait dès long-tems jeté son dévolu
Sur un gars de vingt ans bien membré, gros joufflu,
Qu'à bon droit on eût dit taillé par la nature
Pour être le mari de tout autre future.
On voit que malgré l'âge elle avait les yeux bons,
Aussi le choisit-elle entre tous les garçons :
Ajoutons qu'elle avait hérité de ses pères,

15

Une bonne maison et trente arpens de terres
Produisant à souhait grains, fruits, excellent vin,
Qu'elle avait très-souvent fait goûter au voisin,
Toujours en y joignant quelque tendre caresse :
Le gars n'était pas sot, ne manquait pas d'adresse,
Et, bien plus que l'esprit, consultait le bon sens.
Il se dit un beau jour : que font les soixante ans?
Simone est douce, gaie, humaine, charitable,
Avec ces qualités on est toujours aimable;
Elle assure mon sort, et je n'ai que mes bras;
Nous n'aurons point d'enfans, partant point d'embarras,
Et dans quelques vingt ans, s'il m'en prend fantaisie,
Je pourrai, jeune encor, trouver femme jolie
Pour me dédommager des soins un peu gênans
Que ma femme obtiendra jusqu'aux derniers momens.
Oui, plus j'y réfléchis, plus ce projet est sage :
Je sais qu'on en rira, que les gens du village
Se gausseront de nous; mais que m'importe à moi,
On doit en ce bas monde un peu penser à soi.
Il a pris son parti; la fin de la journée
Ne se passera point, sans que sa dulcinée
Ait reçu cet aveu si long-tems attendu.

  Maudit conteur finiras-tu?
S'écrie en cet endroit un critique sévère,
Avec ton Ane vert, jusqu'ici quel rapport?

Allons, censeur ! la paix : je finis, pour vous plaire ;

Nos gens sont mariés, et tous deux bien d'accord.

On fit charivari, comme vous pouvez croire ;

Mais ce n'est là le pis : le fâcheux de l'histoire,

C'est que les deux époux ne peuvent se montrer,

Sans qu'on demande à l'un, comment va votre mère ?

A l'autre, d'aussi loin qu'on peut la rencontrer,

Votre fils aura-t-il bientôt un petit frère ?

J'en serai le parrain, et maint autre propos

Dont riait le mari, s'il ne tournait le dos

A ceux que, d'un coup d'œil, il eût pu mettre en fuite.

On finit par se taire et par le respecter ;

Mais sa femme au contraire imprudemment s'irrite,

A suivre son exemple il a beau l'inviter,

Bouillante de colère, à tout elle replique,

Et blâme son mari d'être aussi pacifique.

Mais celui-ci fit bien, au moins à mon avis.

Un jour qu'elle pleurait étant seule au logis,

N'osant plus en sortir, de peur d'être insultée,

Une bonne commère, assez bien avisée,

Vint la voir et lui dit : Ma chère, en vérité,

Si tu veux en finir la chose est très-facile ;

Il faut d'un autre objet occuper la gaîté

De cette jeunesse incivile :

J'imagine un moyen, que je crois assuré ;

Tu connais mon ânesse, elle est d'un poil cendré,
Je vais la teindre en vert, la chasser dans la rue,
On ne verra plus qu'elle, et, toute la cohue
Empressée à la suivre, à lui donner du pain,
De l'herbe, des chardons, oubliera ton hymen.
Ce qui fut dit, fut fait ; et la vieille elle-même
Alla voir l'Ane vert ; on ne l'aperçut pas.

J'ai vu des gens de Cour se tirer d'embarras,
En usant à peu près d'un pareil stratagème.

FABLE LXXX.

L'OURS MINISTRE DU LION.

———◦◦◦———

Un Lion, possesseur d'un assez vaste empire,
Pour son premier Ministre avait fait choix d'un Ours,
Dont le ton imposant et les bruyans discours
Avaient séduit les yeux et l'oreille du Sire :
   Il était maigre et vivait sobrement
     Lorsqu'il parvint au ministère ;
Mais l'appétit lui vint, et lui vint tellement,
   Qu'on ne savait comment le satisfaire ;
Des impôts déguisés augmentaient son trésor ;
Mais il avait beau prendre, il voulait prendre encor.
   Murmurait-on ? l'Ours ne faisait qu'en rire,
Tant il avait d'amis sur lesquels il comptait ;
     Car c'était lui qui disposait

De tous les emplois dans l'empire :

Or, en ce tems comme aujourd'hui,

Amis de Cour étaient un frêle appui :

Des exemples passés on devrait bien l'apprendre ;

Mais l'espoir est plus fort que les leçons du tems,

Et les ambitieux toujours s'y laissent prendre ;

Témoin notre Ours : Parmi les courtisans

Qui faisaient au Lion une cour assidue,

Un Léopard, fameux par ses exploits guerriers,

Méritait la faveur qu'il avait obtenue,

Et dont il n'usait point : riche de ses lauriers,

Il prisait peu les dons de la fortune ;

Pour lui, solliciter était chose importune ;

Mais un Gouvernement étant près de vaquer

Par le décès prochain de son vieux titulaire,

Et ce poste important voulant un militaire,

Le Roi n'attendit pas qu'on vînt le provoquer

Sur le choix d'un sujet, et lui donna la place ;

L'Ours qui pour un des siens désirait cette grâce,

Survint en ce moment, et fut un peu surpris

D'apprendre du Lion qu'il l'avait destinée,

Sans que, suivant l'usage, il eût pris son avis ;

Mais, en fin courtisan, déguisant sa pensée

Ainsi que sa mauvaise humeur,

Il a l'air d'approuver un choix que, dans son cœur,

Il cherche à détourner par quelque stratagème :

— Sire, le Léopard dans plus de vingt combats

S'est acquis un renom ; il est cher aux soldats,

Qui lui sont dévoués presqu'autant qu'à vous-même ;

Il rassemble, dit-on, vos meilleurs officiers,

Qui tous ont avec lui des rapports familiers,

Ce qui confirmerait.....; mais j'ai peine à le croire,

Qu'il se fait un parti, qu'enivré de sa gloire,

Il veut sortir du rang où le destin l'a mis ;

Si ces bruits sont fondés.... — Non, non, ses ennemis

Dit vivement le Roi, répandent cette fable,

Le Léopard jamais ne s'en rendra coupable ;

Le Ministre à ces mots, prononcés d'un ton sec,

Croit voir que son crédit est frappé d'un échec ;

Il sort, va rassembler ses amis de fortune,

Cherche à leur inspirer une crainte commune,

Expose avec chaleur que ce choix imprévu

Va donner à l'empire une nouvelle face :

Le Léopard, dit-il, est frondeur et bourru,

Ennemi des plaisirs ; une fois dans sa place

Il voudra supprimer d'inutiles emplois,

  Et, rigoureux observateur des lois,

Mettra partout de l'ordre et de l'économie ;

La source des faveurs dès-lors sera tarie ;

Car cent fois du Lion j'ai surpris le penchant.

A rendre des impôts le fardeau moins pesant ;

Dans le gouvernement de ce prétendu sage

Du succès de ses vœux il verra le présage ;

L'exemple du possible accroîtra ses désirs

Et nous ne serons plus que d'impuissans visirs :

Secondez mes efforts, et de la calomnie

Répandons avec art l'infaillible poison ;

Déjà du Léopard j'ai peint l'ambition

Que masque adroitement sa feinte modestie ;

J'ai semé dans le cœur du monarque étonné

Des soupçons alarmans sur sa fidélité ;

J'ai vu qu'en m'écoutant, le roi, d'un air sévère,

A resserré sa griffe en signe de colère ;

L'affaire est en bon train, vous serez consultés,

Laissez paraître alors des doutes affectés.

Cependant le Lion, dont l'âme généreuse

N'écoute qu'à regret toute délation,

A remarqué de l'Ours la marche tortueuse ;

 Le Léopard n'a point d'ambition,

Se dit-il à lui-même, il faut le voir, l'entendre ;

Le Léopard mandé ne se fait point attendre,

Se présente au monarque avec cet air serein

Que n'eut jamais l'auteur d'un coupable dessein ;

Ce calme plaît au Roi, pleinement le rassure,

Et confirme de l'Ours la perfide imposture.

Pendant qu'il réfléchit, il voit le Léopard

Attendre avec respect quelque ordre de sa part;

Général, lui dit-il, que les Rois sont à plaindre!

Entourés de flatteurs, de traîtres, de jaloux,

Jamais la vérité ne saurait les atteindre;

Mais vous, vous la direz et je compte sur vous:

Le tigre est expirant, je vous nomme à sa place.

— Ah Sire! quel fardeau; dispensez-moi, de grâce,

D'en supporter le poids; je suis propre aux combats,

Gouverner est un art, cet art je ne l'ai pas;

Mais il est des amis qui vous servent dans l'ombre,

Et je puis, sans orgueil, me mettre de ce nombre:

Au fond de ma retraite on me croit endormi,

Tandis que je surveille un complot ennemi;

Il est tems, je le vois, de démasquer le traître;

Convoquez le conseil, je le ferai connaître;

Les membres réunis, l'Ours, en sa qualité,

Se met au premier rang près de Sa Majesté,

Bien loin de pressentir le coup qui le menace :

Quand, après un moment, chacun a pris sa place,

Le Léopard se lève, et s'adressant à l'Ours,

— Vois ton accusateur et tremble pour tes jours;

Je connais tes desseins et ta noire malice,

Tu n'es pas seul, infâme, et voici ton complice,

Montrant le Loup cervier qui recule d'effroi;

Mais les destins veillaient et sur vous et sur moi,
Sire, je fus instruit du ténébreux mystère;
La trame était ourdie au fond de leur repaire,
Un fidèle sujet de Votre Majesté
Admis dans leur secret m'en a tout rapporté :
— Eh bien ! dit le Lion, qu'avez-vous à répondre?
— Que par ce tour adroit il prétend me confondre,
Repart l'Ours hardiment, mais voici des témoins
Qui pour le dévoiler ont partagé mes soins :
Le Léopard lui-même à parler les invite;
Alors voyant de l'Ours le complot éventé,
Le Renard assez fin pour en prévoir la suite
Et voulant se sauver de la complicité,
Rend compte mot à mot du talent oratoire
Que l'Ours a déployé pour capter l'auditoire;
Les autres saisissant la ruse du Renard,
S'empressent d'affirmer tout ce qu'il vient de dire,
Et que, si quelque trouble a menacé l'empire,
L'Ours en est seul coupable et non le Léopard.
Pour s'en faire un ami, chacun le félicite.
L'Ours et le Loup cervier déconcertés, honteux,
Voudraient en vain parler, on se jette sur eux
    Pour arrêter toute poursuite.

Est bien fou qui se fie, en sa prospérité,

Aux flatteurs intrigans qui rampent à sa suite;

    Tombe-t-il dans l'adversité,

    A l'instant ils prennent la fuite.

~~~~~~

FABLE LXXXI.

LA MÈRE NOURRICE ET LA LOUVE.

———

Pour ne le point quitter, une femme avec elle,
Emportait son enfant encore à la mamelle,
  Toutes les fois
  Que dans les bois
Elle allait ramasser un fagot de bruyère
  Ou d'herbes sèches pour litière,
Ayant soin, avant tout, de coucher son enfant
Dans un lieu garanti du soleil et du vent.
Un jour que, par l'ardeur du travail emportée,
Cette mère s'était un peu trop écartée,
Une Louve survint, elle avait des petits
Qui pressés de besoin l'indiquaient par leurs cris;
Elle cherchait alors de quoi les satisfaire :
En rôdant l'animal voit l'enfant endormi,

C'était bien là de quoi faire excellente chère ;

      Aussi n'en fit-il à demi ;

Le saisir, l'emporter fut son unique affaire ;

Le marmot de crier et la mère accourant

Voit la Louve enlever son malheureux enfant.

La vengeance à ses pieds semble donner des ailes,

Ronce, épines, cailloux, tout cède à son ardeur ;

Elle poursuit de près le hardi ravisseur,

Et l'atteint au moment où de ses dents cruelles

Il allait partager entre ses louveteaux,

L'innocente victime et la mettre en morceaux.

La femme épouvantée à cette horrible vue,

Jette ces cris perçans qui seuls partent du cœur ;

Ces cris ont effrayé la Louve irrésolue :

Elle sent par degrés se calmer sa fureur,

      Et, loin de la défendre,

Abandonne sa proie et la laisse reprendre ;

Heureusement encor l'enfant n'a point de mal,

Ses langes l'ont sauvé des dents de l'animal :

   On peut juger du bonheur de la mère !

Son fils est délivré du plus affreux trépas :

Oubliant dans sa joie et l'herbe et la bruyère,

Vers son humble réduit elle fuit à grands pas,

   Non toutefois sans regarder derrière.

   A ses voisins elle conte le cas,

Tous ont peine à le croire,

Cependant le fait est notoire;

Mais quand sur le maillot, de près examiné,

Des dents de l'animal on eut vu les empreintes,

Force fut de se rendre, et le plus obstiné

Voulait prétendre encor qu'elles n'étaient que feintes.

Sur le sort de la bête on reste partagé,

Les uns veulent sa mort et les autres sa grâce;

Car enfin cet enfant n'a point été mangé :

— Non, non, dit un vieillard, pour l'animal vorace

Nul quartier : un méchant a-t-il fait quelque bien?

Ce bien n'efface pas le mal qu'il a pu faire,

Toujours le naturel reprend son caractère,

Et pour s'en préserver il n'est qu'un sûr moyen

Qu'il faut saisir, celui de s'en défaire.

L'avis prévaut, on s'arme, et Louve et Louveteaux

Allèrent de Pluton effrayer les troupeaux.

FABLE LXXXII.

LES HIRONDELLES ET LE MOINEAU FRANC.

Un Moineau franc suivi de sa femelle
S'empara sans façon du nid d'une Hirondelle,
Pendant que la causeuse, en prenant ses ébats,
Avait de moucherons fait un friand repas :
Celle-ci bien repue, en arrivant au gîte,
Est surprise de voir un hôte parasite
    Qui la reçoit à coups de bec,
    Et lui commande d'un ton sec,
    De chercher une autre demeure ;
      Car, dit-il, que je meure,
    Si l'on me fait sortir d'ici,
    J'y suis très-bien et vous en dis merci.
L'Hirondelle paisible et d'un bon caractère,
Avant de se fâcher recourt à la prière :

— Mon cher, vous avez tort de vouloir contester ;

Car ce logis est mien, je viens de le construire,

Et plus de cent témoins le pourraient attester.

— Et que m'importe à moi tout ce qu'ils voudraient dire ;

M'y voilà, chassez-m'en, pour me prouver mon tort,

J'y reste jusque-là par la loi du plus fort.

L'Hiróndelle évincée assemble ses pareilles,

Leur raconte le trait du scélérat moineau

Connu de tout fermier pour être un larronneau,

Et de ses cris plaintifs assourdit leurs oreilles.

Cependant on raisonne, ou trouve que le cas,

Pouvant se répéter, vivement intéresse

       Toute l'espèce,

Et qu'il faut au voleur faire sauter le pas,

     Pour éviter la récidive :

Allons, dit la plaignante, et qui m'aime me suive ;

Elle part et va droit à son cher logement

Où le hardi Moineau dormait paisiblement ;

Il se réveille au bruit et voit une cohorte

D'ennemis assaillans se presser à sa porte ;

Mais des coups redoublés de son bec vigoureux,

Il en blesse plusieurs ou leur crève les yeux.

Le Moineau qui voit bien qu'on ne saurait le prendre,

Long-tems avec succès aurait pu se défendre ;

L'ennemi n'a qu'un trou par où le déloger,

Et ce trou seul le met à l'abri du danger :

C'est en vain, dit alors une sage Hirondelle,

Que nous l'attaquerons dans cette citadelle ;

Empêchez seulement qu'il en puisse sortir

Jusques à mon retour, et je vais revenir :

Elle part et d'un cri rassemble un auditoire

Qu'elle instruit du moyen d'obtenir la victoire ;

L'usurpateur, dit-elle, obstiné, sans pudeur,

Veut conserver le nid qu'il prend à notre sœur,

   Eh bien ! qu'il y périsse

   Par un cruel supplice.

Hâtons-nous, préparons cet excellent mortier

Que nous avons du ciel reçu l'art d'employer ;

Allons boucher sa porte, usons de diligence,

Et redoublons l'enduit par excès de prudence.

D'une commune voix l'avis est applaudi,

On se met à l'ouvrage, il est bientôt fini ;

Les deux Moineaux trop tard veulent demander grâce ;

Faute d'air, chez les morts ils s'en vont prendre place.

Ah ! si l'adroit fripon, l'escroc ou le pillard

Étaient punis chez nous de semblable manière,

On en verrait bien moins ; mais aussi d'autre part,

Les huissiers, les recors n'auraient plus rien à faire.

FABLE LXXXIII.

LE LOUP ET LE TAUREAU.

———◆———

QUELQUES vaches paissaient dans un gras pâturage,
Un Taureau vigoureux était leur gardien.
Certain Loup remarquant la hauteur de l'herbage,
Voit qu'il peut s'y glisser et qu'il parviendra bien
A tromper de l'Argus la molle surveillance ;
Car celui-ci dormait ou feignait de dormir ;
Mais notre adroit voleur y met de la prudence ;
Il marche à pas comptés, prend le tems de choisir
La vache la plus grasse, et, sûr de sa victime,
Il s'élance et l'atteint au défaut du fanon ;
A ses mugissemens le Taureau se ranime,
  Se lève, accourt et fond sur le larron.
Que n'ai-je les talens d'Homère ou de Virgile,
  De l'Arioste ou de l'abbé Delille,

Pour chanter ce combat d'adresse et de vigueur
Dont le Loup plus rusé se retira vainqueur !
Las de ses vains efforts, d'attaques impuissantes,
Et craignant du Taureau les cornes menaçantes,
Il feint de lâcher prise et disparaît soudain.
Le Taureau s'applaudit et maître du terrain,
Croit que sur l'ennemi sa victoire est complète;
Mais le loup lui gardait une ruse secrète :
Il reparaît bientôt et marche d'un pas lent,
Son corps est recouvert d'une nouvelle armure;
Dans un bourbier voisin, le drôle en se roulant,
De fange avait enduit son épaisse fourrure,
  Et c'est en cet état
  Qu'il revient au combat;
Le Taureau de pied ferme et la tête baissée,
  A sa manière accoutumée
  De recevoir tout assaillant,
Suit de son ennemi le moindre mouvement.
Le Loup, dont le désir est qu'il reste tranquille,
  Au moins pour un instant,
Cesse de le tourner et demeure immobile;
  Sire Taureau d'en faire autant
Et de servir ainsi notre chasseur habile.
Celui-ci profitant de la tranquillité
  De son vigoureux adversaire,

S'élance et secouant avec agilité,

Dans les yeux du Taureau, le limon infecté

Dont son poil est rempli, lui ravit la lumière.

L'animal furieux bondit, se bat les flancs,

Exhale sa douleur en longs mugissemens;

Mais le Loup qui s'en rit va retrouver sa proie,

La dépèce à loisir et s'en donne à cœur-joie.

Que de combinaisons dans la ruse du Loup!

Peut-on lui refuser certaine intelligence?

Je trouve, moi, qu'il en avait beaucoup,

Et beaucoup plus qu'on ne le pense.

Ce trait d'intelligence a été raconté, par un témoin oculaire, à l'auteur qui passait dans le chemin fangeux près duquel l'action venait d'avoir lieu. On voyait encore dans la boue les traces du loup qui s'y était vautré.

FABLE LXXXIV.

LE VIEILLARD ET LE JEUNE HOMME.

Si jeunesse savait
Si vieillesse pouvait,
Chez les humains tout irait à merveille,
Dit un proverbe et proverbe fait loi :
Un vieillard dit en vain : jeunesse, écoutez-moi,
Jeunesse fait la sourde oreille,
Court à sa perte et ne voit pas
Le gouffre entr'ouvert sous ses pas.
A ce sujet Horace cite
Qu'un jeune homme, un vieillard, une cruche à la main,
Allaient chercher de l'eau par le même chemin :
L'un marchait lentement, l'autre courait très-vite.
— Pourquoi tant te presser? dit le sage vieillard,
Ne crains pas qu'avant toi j'arrive à la fontaine,

— A la fontaine ! Non, réplique le gaillard,

Je n'y vais point et la chose est certaine,

Je sais trop bien qu'il m'y faudrait passer

Une heure avant que ma cruche fût pleine,

Tandis qu'à la rivière où je n'ai qu'à puiser,

Je la remplis promptement et sans peine.

A quoi le bon vieillard doucement lui répond :

Un peu de tems perdu vaut-il plus que la vie ?

Les bords sont escarpés, le lit est très-profond ;

Si tu tombais, réponds-moi, je te prie,

Qui viendrait te sauver ? Le petit fanfaron

Court, sans plus écouter, à sa perte prochaine ;

Son pied glisse, il trébuche et le courant l'entraîne.

Il va remplir son pot dans le noir Achéron.

Le vieillard eût voulu le sauver du naufrage ;

Mais il survint trop tard appesanti par l'âge.

FABLE LXXXV.

LA FORTUNE ET LA GUENON.

———◆———

UNE laide Guenon de chacun repoussée
Vivait fort tristement dans un coin délaissée.
La Fortune près d'elle un jour vint à passer ;
On sait que le hasard conduit cette déesse,
Elle voit la Guenon et se met à causer,
Lui trouve de l'esprit, son malheur l'intéresse :
— Ma bonne, lui dit-elle, avant que d'Orient,
Le soleil ait passé vingt fois en Occident,
Grâce au hasard qui près de vous m'amène,
    Et qui m'a prise au bon moment,
  De ce canton vous serez souveraine.
— Souveraine, grands Dieux ! moi, Madame, et comment ?
— En usant du trésor que votre grotte enserre
Et dont voici la clef : vous lèverez la pierre

Sur laquelle vous reposez;

Elle couvre une trappe, et, quand vous l'ouvrirez,

Ayez soin d'être seule, et surtout sans lumière:

Descendez hardiment, ne craignez point la nuit,

    Votre destin fera le reste.

La Fortune, à ces mots, la salue et s'enfuit.

La Guenon, dès le soir, à travailler est leste,

Et trouve en un caveau, recéleur du trésor,

De grands coffres remplis de diamans et d'or;

Une lampe éclairait ce dépôt magnifique

Et brûlait constamment par un pouvoir magique;

La Guenon croit rêver, on le croirait à moins,

Pour dissiper son doute, elle prend sans mesure

Bon nombre de ducats pour ses premiers besoins,

Remonte doucement, referme l'ouverture,

    Rétablit tout et s'endort en songeant

Au plus utile emploi de tant d'or et d'argent.

L'aurore avait doré la cime des montagnes,

Et ses premiers rayons coloraient les campagnes,

Lorsque d'un doux sommeil secouant les pavots,

La Guenon s'éveilla, l'esprit libre et dispos.

Faisons du bien, dit-elle; une pauvre voisine

Se trouve, je le sais, dans un grand embarras,

Elle et ses quatre enfans n'ont fait qu'un seul repas

    Depuis deux jours; réchauffons sa cuisine

En lui portant quelques ducats :

Elle dit, et courant aussitôt les mains pleines,

De la pauvre voisine elle adoucit les peines.

Un loup survient poursuivant un agneau :

Sa mère, disait-il, lui devait un boisseau

De froment, et toujours différait de le rendre.

— Voilà de quoi, mon cher, en avoir à revendre,

Laissez en paix ce petit animal

Qui de ses jours ne vous fit aucun mal ;

Le loup s'en va content ; la Guenon satisfaite

Gagne paisiblement son heureuse retraite,

Prend quelques pièces d'or, et va chercher au loin

S'il est des malheureux pressés par le besoin.

Chaque jour est pour elle un jour de bienfaisance ;

Son trésor y pourvoit en si grande abondance

Qu'on n'apercevrait pas qu'elle en eût rien tiré,

Mais son secret long-tems ne peut être ignoré ;

Bientôt on se souvient qu'elle était indigente :

D'où lui peut provenir sa fortune récente ?

Chacun en dit son mot, et l'on fait tant de bruit,

Qu'en peu de jours le roi lui-même en est instruit.

La chose, se dit-il, me paraît singulière,

Et si le fait est vrai, j'en fais mon aumônière :

Je serai sûr alors de l'emploi de mes dons

Qui ne sont pas toujours remis à leur adresse.

Seul il part un matin, s'informe aux environs

De l'endroit où se tient la future princesse;

Il la trouve occupée à compter des écus,

A l'aspect du lion, la Guenon interdite

Est loin de soupçonner l'objet de sa visite :

On m'a, dit le monarque, instruit de vos vertus,

Et rapporté maints traits de votre bienfaisance;

Mais ce qui m'a surpris, c'est que dans l'indigence

    Je vous croyais depuis long-tems,

N'ayant aucun secours de vos nombreux parents.

    — Sire, il est vrai qu'ils m'ont abandonnée

Et voyaient d'un œil sec ma triste destinée;

Mais le ciel m'a vengée, et depuis quelques jours,

Loin de rien demander, je donne des secours;

Je les porte moi-même où le besoin m'appelle,

    Et j'ai grand soin d'en surveiller l'emploi :

    — Voilà précisément, lui répondit le roi,

Ce qui fait que je viens réclamer votre zèle :

En servant votre goût, je veux que désormais,

L'indigent par vos mains reçoive mes bienfaits :

— Pardon, Sire, pardon; mais j'ai l'âme un peu fière;

Je ne serais alors que votre trésorière,

Et vos dons et les miens ensemble confondus,

Comme venant de vous seraient toujours reçus :

Sire, je l'avouerai, ma seule jouissance

Est de cueillir les fruits de la reconnaissance ;

Vous les récolteriez ; mais il est des moyens

De tout concilier : réunissons nos biens,

Faites que près de vous, assise sur le trône,

J'apprenne à partager les soins de la couronne ;

En richesse, en trésors, je puis vous surpasser ;

De l'or et des vertus sont-ils à mépriser ?

Qu'importe à vos sujets ma laideur, ma vieillesse,

C'est leur bonheur commun qui seul les intéresse,

Et j'y contribuerais, j'en ai l'heureux espoir ;

Il est si doux d'unir ses goûts et son devoir !

Le lion est tenté de la prendre pour folle,

Il se tait. La Guenon reprenant la parole :

Sire, vous hésitez et paraissez surpris

Que je puisse tenir tout ce que j'ai promis :

En Votre Majesté telle est ma confiance

Que je vais vous montrer où gisent mes trésors ;

Quand vous les aurez vus, vous jugerez alors

Si l'on pourra blâmer notre sage alliance :

Elle ouvre le caveau, le lion y descend

Et reste stupéfait ; sa grandeur le surprend

   Et plus encor son immense richesse.

— Croyez-vous que je puisse acquitter ma promesse,

   Dit la Guenon ; bien plus, des rois voisins

Tombera devant vous la superbe arrogance ;

Voyez s'anéantir leurs orgueilleux desseins,

Et s'affermir en paix votre auguste puissance.

— Ce sont moins, dit le roi, mes propres intérêts

Qui me font accepter que ceux de mes sujets;

Nous serons tous heureux, et quant à vous, Madame,

Un trône était le prix que méritait votre âme;

Je vais vous proclamer, et suivi de ma cour,

Je reviendrai vous prendre avant la fin du jour.

Notre vieille Guenon de la coquetterie

Connaissait les secrets, en fit si bon emploi

Que sur un char brillant assise auprès du roi,

En oubliant son âge, on la trouva jolie.

La suite était nombreuse, et plus de vingt mulets

Eurent peine à porter de la grotte au palais

Les effets précieux dont la cave était pleine.

Le sort de la Guenon ne fit point de jaloux;

Chansons, danses, festins pendant une huitaine

Prouvèrent que du roi l'hymen plaisait à tous.

Il n'était pas besoin, dit un lecteur morose,

De ton conte ennuyeux, pour savoir qu'à son gré

La Fortune, ici-bas, dirige toute chose,

Qu'elle fait d'un faquin un parvenu titré,

Que, grâce à ses faveurs, la laideur, la vieillesse

S'éclipsent à l'aspect d'un riche coffre-fort :

Vous le saviez, lecteur? Et nous voilà d'accord;

Mais parmi les élus de l'aveugle déesse,

En voyez-vous beaucoup, imitant la Guenon,

De leur bien faire au pauvre un entier abandon?

FABLE LXXXVI.

LE CORBEAU, LE SERPENT ET LE RENARD.

RAREMENT la vengeance est de droit légitime,
Et qui veut l'exercer doit agir prudemment;
   Car autrement,
 Il pourrait bien en être la victime.

Sous un roc escarpé, de difficile accès,
Un Corbeau fit son nid comme en un sûr asile;
Mais il n'avait pas vu qu'un Serpent tout auprès
Avait également fixé son domicile.
Tout alla bien d'abord entre les deux voisins :
  On se donnait tous les matins
Le bonjour d'amitié, puis chacun à la chasse
Allait chercher sa proie et remplir sa besace.
Cependant, du Corbeau la femelle avec soin

Ayant couvé ses œufs, les vit enfin éclore :

Grande joie au logis, et prévenant l'aurore,

Pour chercher à manger le père vole au loin.

Le Serpent qui guettait l'instant de son absence ,

Dans le cruel dessein de gober ses petits,

Profite du moment et sur le nid s'élance,

Y jette la terreur, et sourd à tous les cris,

Fait un bon déjeuner de la couvée entière.

Le Corbeau de retour voit sa compagne en pleurs,

S'informe du sujet de ses vives douleurs,

Et sachant du voisin l'action meurtrière,

Il périra, dit-il, et je serai vengé.

— Mon pauvre ami, la menace est facile,

 Dit un Renard qui l'avait écouté ;

Mais un projet conçu n'est point exécuté :

Comment t'y prendras-tu, la chose est difficile?

— Comment je m'y prendrai? j'attendrai son sommeil;

Il s'endort tous les jours aux rayons du soleil ,

En prenant bien mon tems, aidé de la fortune,

De deux grands coups de bec je crèverai ses yeux ;

— Mauvais moyen, mon cher, de servir ta rancune,

 Pour toi-même il est dangereux :

Il faut frapper deux coups, au premier il s'éveille,

Te happe et te voilà descendu chez les morts :

Il vaut mieux employer une ruse pareille

A celle dont j'usai pour tromper les efforts

D'un ennemi puissant qui conspirait ma perte :

Parcours les environs, vole à la découverte,

Et tache de trouver quelque effet précieux,

Comme joyaux de femme, et fais que, sous ses yeux,

Tu puisses l'enlever; ensuite avec adresse,

Feins d'être apprivoisé, vole légèrement

Autour d'elle, et surtout, mais insensiblement,

Pour l'attirer plus loin, gagne-la de vitesse;

En l'entendant crier, bientôt à son secours

On viendra. — Qu'avez-vous? — Voyez, leur dira-t-elle,

Cet effronté voleur s'enfuir à tire-d'aile;

On voudra te poursuivre; en modérant ton cours,

Tu les conduiras droit où sera le reptile

Qui, comme de coutume, au soleil endormi,

Et pour sauver ses jours, trop loin de son asile,

Sera vu de la troupe et bientôt assailli;

Lui mort, laisse tomber ton vol et prends la fuite,

Sans craindre que plus loin on pousse ta poursuite.

Les conseils du Renard exactement suivis

Eurent tout le succès qu'il s'en était promis.

Le Corbeau fut vengé sans risque pour sa vie

Et la méchanceté du Serpent fut punie.

~~~~~~

FABLE LXXXVII.

LES DANGERS DE LA JALOUSIE.

J'ai dit précédemment que qui veut se venger

   Doit, avant tout, consulter la prudence;

   Car s'il est doux d'exercer sa vengeance,

Les moyens les plus prompts ne sont pas sans danger.

Une jeune Guenon bien faite et très-jolie

Avait pour son amant des Jockos le plus beau;

   Or, comme on sait, chacun a son défaut,

Celui de la Guenon était la jalousie :

Poison brûlant que le ciel en courroux

A versé sur la terre en trop grande abondance,

   Qui corrompt tout; les plaisirs les plus doux,

   Troublés par lui, se changent en souffrance :

L'amant de notre belle était sage et constant,

Il n'aimait qu'elle, et l'aimait tendrement;

Mais du flambeau d'amour la flamme est vacillante,

  Tantôt pâle, et tantôt brillante;

On voudrait la fixer dans son plus vif éclat,

Inutile désir; rien dans le même état

  Ne peut long-tems rester dans la nature.

Or si Jocko parfois était moins caressant,

La Guenon aussitôt le traitait de parjure,

Criait, pleurait, boudait; en vain le pauvre amant,

Pour la dissuader, redoublait de caresses,

Renouvelait cent fois les plus tendres promesses;

Il était repoussé bien qu'il fût innocent :

Que faisait-il alors? il allait au bocage

Qu'il avait adopté, pour y verser des pleurs;

Le silence des bois, la fraîcheur de l'ombrage

Parvenaient quelquefois à calmer ses douleurs :

Le tems avait creusé dans ce lieu solitaire

Une grotte assez vaste, et rompu son plafond,

En sorte que le jour pénétrant jusqu'au fond,

Laissait voir un bassin d'une eau limpide et claire;

Il arrivait parfois qu'il y restait deux jours

  Après quelque vive querelle,

Et loin que son absence apaisât la femelle,

Celle-ci l'accusait d'avoir d'autres amours.

  N'écoutant que la jalousie

Un jour il lui prit fantaisie
De suivre son Jocko qu'elle avait maltraité
Et qui, pour cette fois, s'en était irrité :
Elle part et de loin le suit jusqu'au bocage,
Découvre la caverne où sans doute il se rend
Et pour mieux l'écouter, profitant du feuillage
Qui la dérobe aux yeux, elle monte en tremblant
Au sommet de la voûte, et voit par l'ouverture
Qui répond au miroir poli par la nature
Ses traits qu'auparavant elle n'avait pas vus.
— Ah ! la voilà cette beauté cruelle
Qui séduit mon amant et le rend infidèle,
Au même instant, ne se possédant plus :
Tu n'échapperas pas, dit-elle, à ma vengeance,
Lui montrant un poignard, l'image en fait autant,
Sa colère en augmente et bientôt l'emportant,

    Dans la caverne elle s'élance,
Tombe dans le bassin moins large que profond
Qui cause son erreur, et parvient jusqu'au fond,
    Voulant toujours saisir sa proie ;
    La pauvre sotte elle s'y noie :
Le Jocko, par hasard, était allé plus loin
Et de ce coup affreux ne fut pas le témoin.

On pourra demander s'il regretta sa belle ;

J'en doute fort, et voici ma raison :

Femme jalouse est un démon,

Et qui pis est, démon femelle ;

Repos ni paix dans la maison,

C'est l'enfer que vivre avec elle.

FABLE LXXXVIII.

LE JEUNE CHAT ET LA VIEILLE.

———◦●◦———

Une Vieille habitait un modeste grenier
    Et filait pour gagner sa vie;
On ne fait pas fortune à ce triste métier;
Mais son gain suffisait pour elle et compagnie,
Car elle avait un Chat qu'elle aimait tendrement,
    Il faisait seul tout son amusement;
Ce n'était pas un de ces parasites
    Flairant partout les meilleures marmites;
Celle de sa maîtresse offrait du pain, du lait,
Rarement du bouillon; mais il s'en contentait;
    On jugeait bien à sa taille effilée
    Qu'il vivait plus que sobrement :

Un jour que notre Vieille en ville était allée,

    Une souris étourdiment

    Vint se présenter à sa vue ;

   Pour lui souris était chose inconnue ;

Cependant il la happe et, grâce à son instinct,

Pour la première fois en fait joyeux festin ;

   Oh! oh! dit-il, quelle chair délicate!

Non, je n'ai de mes jours fait un si bon repas ;

Sans doute que le ciel fit souris pour les chats,

Quel goût délicieux! si jamais sous ma patte

Il m'en tombe quelqu'autre... En ce moment le bruit

    Que fit la Vieille en ouvrant son réduit

     Interrompit le monologue ;

Mimi s'élance et plein de son bonheur

Fait de son aventure un récit enchanteur ;

Alors entre elle et lui s'entame un dialogue :

— Mon fils, mon cher enfant, je vois avec douleur

Qu'un malheureux hasard vient troubler la douceur

De notre attachement, tu faisais mes délices,

Le peu que je gagnais suffisait à nous deux

Et dans ma pauvreté nous nous trouvions heureux ;

Mais tu viens de puiser à la source des vices ;

— Moi, ma bonne! et comment? je croque une souris,

Je la trouve excellente. — Et c'est cela, mon fils,

Qui cause le chagrin dont je suis affectée ;

Car aujourd'hui ma soupe rejetée

Ne te conviendra plus, tu voudras des souris,

Puis des mets plus friands; telle est la gourmandise

Qu'on veut la satisfaire et n'importe à quel prix :

La rapine, le vol, la mort que l'on méprise

N'ont plus rien d'effrayant pour contenter ses goûts.

Le Chat paraît ému d'un discours aussi sage,

Promet de s'en tenir au modeste potage,

Et de la Vieille en pleurs vient couvrir les genoux.

Pendant deux ou trois jours il remplit sa promesse;

Mais le goût de souris lui revenant sans cesse,

Et d'un si bon morceau ne pouvant se priver,

Il se dit qu'en secret s'il en pouvait trouver,

Il s'en régalerait à l'insu de la Vieille;

Il s'en va donc cherchant et courant sur les toits;

   Or sa maigreur le servait à merveille;

   Mais c'est en vain, souris en tapinois,

      Restaient, chacune en sa cachette :

      Le pauvre diable mécontent

      S'en retournait fort tristement

   A son grenier, quand il vit en vedette

   Un Chat énorme et dont le poil poli,

Les yeux étincelans et le flanc rebondi

Faisaient honte à lui Chat d'une pauvre fileuse.

— Permettez-moi, Seigneur, dit-il en l'abordant,

De me féliciter de la rencontre heureuse

    Que vous m'offrez en ce moment :

  Vous devinez à ma taille légère,

  A ma maigreur que je fais pauvre chère,

Tandis qu'en admirant votre rare embonpoint,

Je crois que les souris chez vous ne manquent point ;

Je n'en ai, par hasard, croqué qu'une en ma vie,

Et d'en goûter encor j'ai la plus grande envie ;

Daignez donc m'indiquer, en voisin obligeant,

Où je pourrais trouver ce gibier succulent.

— Je vois, dit le matou, que tu ne connais guère

Les mets plus délicats que je mange à loisir

Dans un certain endroit où je n'ai qu'à choisir :

C'est là, mon pauvre ami, que l'on fait bonne chère,

Il ne tiendra qu'à toi d'en juger dès ce soir ;

Viens me prendre à la brune, et je te ferai voir

Si tes fades souris ont rien de comparable

Aux morceaux recherchés qui garnissent ma table :

Notre jeune gourmand ne se fait pas prier,

Exact au rendez-vous il y vient le premier ;

Le complaisant voisin le conduit à la salle

Où tout ce qu'on dessert pêle-mêle s'étale ;

Les valets occupés n'ont pas pu voir les chats

Qui pour mieux en juger goûtent de tous les plats ;

Leur repas terminé, de sa reconnaissance,

Le convive nouveau donne mainte assurance ;

   On se sépare, et pour le lendemain

On se donne parole en se prenant la main.

Cependant au logis la Vieille se lamente :

— Mon Chat, mon pauvre Chat, que t'est-il arrivé?

Viens vîte, viens calmer ma trop pénible attente,

Elle parlait encor, lorsque le bien-aimé

Se montre à la lucarne, et, faisant le malade,

Dit qu'il avait pensé qu'un peu de promenade

Pourrait le soulager et qu'il se sentait mieux.

   Mais notre Vieille avait d'assez bons yeux ;

Elle aperçoit bientôt une panse arrondie

Qui loin de son grenier avait été remplie.

Ah! malheureux, dit-elle, en poussant un soupir,

Je vois que mes conseils n'ont pu te retenir !

Tu te perds, mon mignon, ta folle gourmandise

T'entraînera bientôt de sottise en sottise,

Tu t'en repentiras ; mais il sera trop tard.

Pourquoi tant me gronder, dit le Chat indocile,

Un voisin vient m'offrir d'une façon civile

Un excellent dîner et j'en ai pris ma part,

   Avec plaisir, je vous l'avoue ;

Le mal est-il si grand pour me faire la moue?

Allons, maman, la paix, prêtez-moi vos genoux,

Qu'il ne soit plus question de griefs entre nous.

La Vieille sans rancune accède à sa prière,

Le caresse et le prend comme à son ordinaire,

Le cher enfant s'endort et digère à loisir

Le repas qu'il a fait avec tant de plaisir.

Le lendemain matin, le drôle par malice

Semble attendre son lait, le boit avec délice,

Au moins en apparence; il fait cent jolis tours

Et la Vieille le croit corrigé pour toujours;

Mais la brune arrivant, notre gaillard détale

Et vole au rendez-vous où l'attend son voisin :

Ils partent, le gourmand d'avance se régale

    Et se promet bonne part du festin.

La veille ils avaient fait des dégâts remarquables,

On pensa que des chats seuls en étaient coupables :

Des plats empoisonnés furent placés exprès

Pour punir les voleurs de leur dernier excès :

Ceux-ci n'ont pas plutôt entamé les volailles

Que de vives douleurs déchirent leurs entrailles;

De plus on les poursuit un bâton à la main

Et chacun comme il peut regagne son chemin.

— Ma bonne, je me meurs et vous voilà vengée,

Dit le Chat de la Vieille en tombant à ses pieds :

Vous me l'aviez prédit; en vain vous me prêchiez,

J'expie en ce moment ma conduite insensée;

Mais vous, ma bonne, vous, et c'est mon seul regret,

Vous n'aurez plus d'ami, de confident discret
De vos plaisirs passés, de vos goûts, de vos peines,
Rien qui de la vieillesse adoucisse les maux ;
Faites-moi vos adieux, je sens que dans mes veines
Mon sang brûlé s'arrête : il expire à ces mots.

FABLE LXXXIX.

LE VER ET LE JARDINIER.

Au diable tous les vers, disait le vieux Grégoire,
Jardinier curieux d'avoir les plus beaux fruits;
Je ne puis préserver une pomme, une poire
De leur sourde piqûre et de leurs appétits;
J'écarte les mulots et les loirs par la crainte,
Mon fusil les abat ou les effraie au moins;
Mais les vers dans leurs trous sont hors de toute atteinte,
Et vivent en repos en dépit de mes soins :
Je crois pour mes péchés que le ciel les fit naître.
— Tout beau, lui dit un Ver qui l'avait écouté,
Crois-tu, sot orgueilleux, que le souverain Maître
En créant l'univers à toi seul ait pensé?
Que pour toi dans les cieux il sema les étoiles
Que la nuit nous découvre en déployant ses voiles,

Que pour l'homme il créa les animaux divers

Qui peuplent par milliers l'air, la terre et les mers ;

Que c'est encor pour toi que la riche nature

Offre partout des fleurs, des fruits, de la verdure,

Que les quatre saisons, constantes dans leur cours,

Étendent leur pouvoir sur les nuits et les jours?

Te comparant à moi tu te crois un colosse?

Je ne le suis pas moins aux regards du ciron :

Auprès de l'éléphant tu n'es qu'un avorton ;

La baleine à son tour est trente fois plus grosse ;

   Le Créateur a tout fait pour le bien ,

   Et tu le vois, la taille n'y fait rien.

Va demander à l'ours, au tigre, à la panthère,

Au lion, aux requins, aux venimeux serpens

S'ils te reconnaîtront pour maître de la terre;

Pour réponse ils joueront des griffes et des dents ;

Mais le ciel t'a doué de plus d'intelligence,

Il t'a donné les mains dont tu forges le fer ;

Ces avantages seuls font pencher la balance,

Et je conviens qu'un homme est un peu plus qu'un ver,

Qu'il serait plus heureux s'il savait être sage ;

Mais, moi Ver, je soutiens et soutiendrai toujours

Que j'ai tout comme lui mon lot dans le partage

Des biens que l'Éternel prodigue tous les jours ;

Cesse donc d'être fier de ta prééminence,

Sois le premier, d'accord, mais non l'unique objet

Des soins que donne à tout l'active Providence;

Conviens que pour toi seul le monde n'est pas fait.

Grégoire un peu honteux d'une telle semonce,

Courut chez son curé chercher une réponse.

FABLE XC.

LE DANGER DE LA PRÉCIPITATION.

DEUX Pigeons vivaient bons amis,
　Tous deux hantaient même logis,
　Ce qu'ils trouvaient se partageait en frères;
　Point de femelle ainsi point de débats.
　　Chacun de vaquer aux affaires,
　D'aller, venir et de grossir le tas
Du grain que pour l'hiver ils mettent en réserve,
Choisissant un lieu sec afin qu'il se conserve.
Jusque-là tout entr'eux avait été d'accord,
Lorsqu'un des deux amis eut à faire un voyage
Pour recueillir un très-gros héritage
Que son père avait dû lui laisser à sa mort.
　　Après mille et mille caresses
Et d'un prochain retour les plus tendres promesses,

L'héritier en partant invite son ami

A veiller au dépôt que leur grenier enserre;

 Car, disait-il, je crains bien que mon père

N'ait donné de son bien les trois quarts et demi.

  Resté seul, le gardien fidèle

  Loin de toucher au magasin,

 Parcourt les champs et vit de son butin :

 Pour l'amitié que l'absence est cruelle!

 Un mois s'écoule et de son compagnon

  Il n'a point reçu de nouvelle.

— Mon pauvre ami, dans ce triste abandon

Pourrait-il me laisser sans partager ma peine;

Oh! non, quelque accident s'oppose à son retour;

Les piéges des humains, le faucon, le vautour

Sont tant à redouter! il achevait à peine,

Quand regardant au loin, il croit revoir celui

Dont il pleurait l'absence: en effet c'était lui,

Mais triste et mécontent d'un pénible voyage

Qui n'avait rien produit : ce superbe héritage

  Dont on l'avait flatté

  Se trouvait dissipé;

 On accusait certaine colombelle

Qui soignait le vieillard, d'avoir eu trop soin d'elle;

 Bref, il revint comme il était parti,

 Non le cœur gai, mais sombre, anéanti,

En vain son ami le caresse,

Paraît surpris de sa froideur,

Et lui demande avec douceur

D'où peut provenir sa tristesse,

Chaque mot accroît son humeur;

— Il souffre, se dit l'autre et ne m'en veut rien dire,

De crainte d'émouvoir ma sensibilité;

Mais pour calmer son mal une nuit peut suffire,

Et demain l'amitié reprenant son empire,

Resserrera les nœuds de notre intimité :

Il se trompait; le jour paraît à peine

Que l'avide héritier, déçu dans son espoir,

Se réveille en sursaut et de suite va voir

Si des pois amassés la case est encor pleine;

Il croit la voir réduite à près de la moitié :

— Est-ce là, s'adressant à l'ami sédentaire,

Le dépôt qu'en partant je t'avais confié?

Était-ce pour nourrir ta paresse ordinaire

Que j'avais pris le soin d'accroître le monceau?

Ne pouvais-tu chercher au dehors ta pâture?

— Ah! mon ami, ce reproche est nouveau;

Car je n'en ai rien pris, sur ma foi, je le jure.

Mais ces pois étaient verts quand, par nous amassés,

Ils furent mis en tas; ils se sont desséchés,

Et voilà du déchet la véritable cause.

18

— Tarare, répond l'autre, ils ont pu se durcir;
Mais se réduire ainsi! crois-tu qu'on m'en impose
Aussi facilement? qu'on puisse m'endormir
Avec contes pareils? — C'est pousser loin l'outrage,
Lui réplique à son tour l'innocent accusé,
Je ne suis plus d'humeur à souffrir davantage
Un reproche insultant nullement mérité;

 Point d'amitié sans confiance,
La tienne m'est ravie il faut nous séparer;
Le juste ciel connaît mon innocence,
 Ton injustice, et pour la réparer
Tes efforts seront vains : dans un lieu solitaire
Je vais chercher au loin un ami plus sincère,
Plus confiant surtout: adieu, mon cher réduit!
A ces mots, l'œil humide, il fend l'air et s'enfuit.
L'insensible Pigeon que ronge l'avarice
Ne voit dans ce départ qu'il traite de caprice,
Que le droit d'user seul de leur commun trésor
Qu'ils réservaient pour la saison prochaine,
Se contentant de chercher dans la plaine
Quelques grains délaissés qui s'y trouvaient encor,
Le voyage fatal qui causa leur rupture,

 Fut entrepris aux premiers jours d'été,
Les pois diminués par la température
S'enflèrent de nouveau, lorsque l'humidité

D'un automne pluvieux, à sa grosseur première,

    Rendit la masse tout entière.

Surpris du gonflement que l'air avait causé,

Il reconnut trop tard son effet ordinaire,

Et regretta l'ami qu'il avait offensé

Pour n'avoir écouté qu'une aveugle colère;

En vain il parcourut tous les bois d'alentour,

Et de ses cris plaintifs appela nuit et jour

Son trop sensible ami. N'ayant plus d'espérance,

Il revint au logis; mais pendant son absence,

Des rats ayant trouvé l'appétissant trésor,

On sait que cette engeance à tout gruger est leste,

    Sans perdre tems, se gorgèrent d'abord,

Puis dans leur magasin emportèrent le reste.

    Ainsi le défiant fut doublement puni,

Il perdit à la fois ses grains et son ami.

FABLE XCI.

LE LOUP ET LE BERGER.

———

Il est très-imprudent, surtout dans l'infortune,
De remettre son sort aux mains d'un ennemi ;
L'occasion serait trop opportune
Pour qu'il n'en usât qu'à demi.

Un Loup que des chasseurs poursuivaient à outrance,
Haletant, affaibli, ne pouvant plus courir
Fait un dernier effort pour aller se blottir
Dans la hutte d'un Pâtre, implorant sa clémence.
Si vous sauvez, dit-il, ma vie en ce moment,
Comptez sur ma reconnaissance ;
A l'avenir, et j'en fais le serment,
Partout où vous irez, soyez en assurance :
Ni vos moutons, ni vous

N'aurez plus rien à redouter des loups.

J'aperçois les chasseurs, fermez donc votre porte,

Ne me trahissez pas, surtout faites en sorte

Que je puisse d'ici m'évader sans danger.

— Je compte sur ta foi, lui répond le Berger,

Sois sans inquiétude et garde le silence,

    Voici l'ennemi qui s'avance.

Les chasseurs arrivés s'informent si du bois

Le Loup n'est point sorti : Messieurs, oui, je le crois,

J'ai vu passer là-bas et traverser la plaine

Probablement un Loup qu'on distinguait à peine,

Tant il rasait la terre ; il paraît fatigué.

— Convenons que de nous le matois s'est moqué,

    Dit l'un d'entr'eux ; mais il n'en est pas quitte :

A demain, nous verrons. Le Loup qui les entend

Se dit qu'il saura bien éluder leur poursuite ;

Mais il ne prévoit pas le destin qui l'attend.

Le Pâtre a réfléchi qu'il tient en sa puissance

Son plus grand ennemi ; qu'il peut gagner de plus,

En lui donnant la mort, la dixaine d'écus

    Qu'on a promis pour récompense

A qui sera porteur d'un loup mort ou vivant ;

Puis-je d'ailleurs, dit-il, compter sur sa parole ?

La parole d'un loup n'est point argent comptant,

Et je crois très-prudent de m'assurer du drôle

Qui pourrait m'étrangler en sortant du logis,

Pour me récompenser du soin que j'en ai pris :

Tout bien considéré, je crois qu'il est plus sage

D'aller le présenter au bailli du village ;

Dix écus ne sont point du tout à négliger,

Mais pour les obtenir, sans courir de danger,

Laissons mourir de faim le prisonnier crédule

Assez sot pour compter sur l'effet d'un scrupule ;

Guillot s'applaudissant de son malin projet,

Laisse hurler le Loup et se rit de sa plainte,

Convaincu que le tems en aura bientôt fait

Un corps inanimé n'inspirant plus de crainte.

Quatre jours écoulés, le Loup ne dit plus rien.

La vengeance a, depuis, usé de ce moyen.

FABLE XCII.

LE BŒUF ET LE CHIEN.

———

Qui n'est bon que pour soi n'est pas digne de vivre ;
J'aime fort ce précepte, il est très-bon à suivre ;
Mais le dur égoïsme étendant ses progrès,
Éteint de plus en plus dans le siècle où nous sommes
Cet amour fraternel qu'aux cœurs de tous les hommes
La nature avait mis comme un de ses bienfaits ;
Jusques aux animaux dressés pour nos usages
On va voir ce poison étendre ses ravages.

 Un pauvre bœuf qu'un valet négligent
Avait laissé sans foin au fond de son étable,
Ayant long-tems beuglé, mais inutilement,
 Pour appeler quelque main secourable,
 Prit le parti de rompre son lien
 Et de pourvoir lui-même à sa pâture ;

Or dans la basse-cour errant à l'aventure,

Il aperçoit la cabane du Chien

Dormant paisiblement sur un bon lit de paille,

L'affamé s'applaudit de l'heureuse trouvaille

Qui lui présente un abondant repas.

— Camarade, dit-il, pardon si je t'éveille ;

Mais n'ayant rien mangé depuis la veille,

Tu voudras bien, et je n'en doute pas,

Permettre qu'à ton lit je fasse quelque brèche.

— Ne t'en avise pas, mon lit n'est pas trop doux,

Lui répond le mâtin, l'œil ardent de courroux,

Et s'élançant hors de sa crèche ;

Le bœuf que la faim presse, irrité du refus,

N'a plus recours à la prière,

Il culbute le Chien et se jetant dessus,

Lui plonge dans le flanc son arme meurtrière :

— Reçois, dit-il, le prix de ta méchanceté,

Je ne voulais qu'un peu de cette paille,

Pour apaiser la faim qui me travaille,

Pourquoi, n'en mangeant pas, me l'as-tu disputé ?

Puisse ta mort les rendre charitables,

Ces riches fastueux aux cœurs durs et glacés,

Qui, regorgeant de tout, n'en trouvent point assez

Pour soulager des misérables.

FABLE XCIII.

L'AGNEAU CRÉDULE.

DES moutons dans leur parc dormaient paisiblement,
Guillot, ses chiens et sa musette
Blottis dans la cabane en faisaient tout autant :
Mais un agneau, jeunesse est indiscrète,
Ennuyé d'un trop long repos,
Se mit à parcourir le tour de son enclos.
Un loup encore à jeun, était en sentinelle,
Épiant le moment de faire un coup de main;
L'occasion était trop belle,
Et maître en son métier, il la saisit soudain :
— Je t'aurai, se dit-il, et si je ne m'abuse,
Je souperai ce soir aux dépens de ta peau;

Mais point de bruit, recourons à la ruse,

Il n'est pas malaisé de duper un Agneau :

L'œil au guet, il s'avance, et, d'un ton hypocrite,

Débute en cajolant l'innocent animal.

— Approche, mon petit, et ne crains aucun mal,

Le plus tendre intérêt à te parler m'invite ;

Je n'ai pu voir ton aimable candeur,

Ta gentillesse et ta douceur

Sans me sentir ému du sort qui te menace :

— Vous me faites frémir ! instruisez-moi de grâce,

Répond l'Agneau... — Sortons d'abord d'ici,

Profitons du moment où tout est endormi,

Une fois que rendus dans ma vaste prairie

Nous pourrons à loisir paître l'herbe fleurie,

Je t'apprendrai... L'Agneau l'interrompant,

Eh quoi ! Seigneur, l'herbe est votre pâture ?

Je vous l'avoue, en remarquant

Que de nos chiens vous aviez la denture,

Je craignais que la chair n'eût pour vous des appas.

— Qui ? moi faire de sang un horrible repas !

M'en préservent les Dieux ! Ami le tems nous presse,

A rompre cette claie employons notre adresse.

L'Agneau ne craignant plus tire de son côté,

Le Loup du sien, l'obstacle est écarté ;

Le prisonnier s'échappe et, le cœur plein de joie,

Suit le Loup; mais bientôt le fourbe en fait sa proie.

Jeunes gens profitez de l'utile leçon
Que vous donne en ces vers le crédule Mouton.

FABLE XCIV.

LE LOIR, L'HIRONDELLE ET LE HIBOU.

Vers le déclin du jour, sur un riche espalier
Un Loir allait, venait, cherchant fruits à sa guise;
De vingt qu'il entamait à peine le dernier
    Satisfaisait sa friandise.
    Une Hirondelle, en voltigeant,
    Chassait aussi pour sa pâture;
    Mais babillarde par nature
Elle s'arrête et cède à son penchant :
    — Bonjour, dit-elle au frugivore,
    Je vois que sans peine et sans soins,
    Tu peux choisir, choisir encore
    Ce qui convient à tes besoins.
    Je t'envierais ce privilége
Si tu pouvais en profiter toujours;

Mais lorsque le soleil, dans son cours qu'il abrége,

Partage également et les nuits et les jours,

Tu vas te renfermer dans ta sombre retraite;

Bientôt un long sommeil s'empare de tes sens

Et les captive encore au retour du printems;

Pour toi, pendant six mois, la nature est muette.

Vivre ainsi, pauvre Loir, il faut en convenir,

C'est n'user qu'à moitié des plaisirs de la vie:

Pour moi qui, grâce au ciel, pressentant l'avenir,

Puis changer de climats quand le froid m'y convie,

Je trouve que mon sort l'emporte sur le tien.

— Et moi, répond le Loir, je suis content du mien;

Je n'ai point à courir les hasards d'un voyage,

Je brave dans mon trou le plus fougueux orage,

Je dors, mais ne meurs point; je sens battre mon cœur,

Et même assez souvent je rêve le bonheur.

— C'est parler sagement, dit l'oiseau de Minerve

Que recelait le tronc d'un antique pommier;

Le Dieu qui créa tout veut que tout se conserve,

Et nous fit à chacun un don particulier;

Il m'a donné des yeux que blesse la lumière;

Mais clairvoyant la nuit, je trouve dans les airs,

Dans les prés, dans les bois, mille animaux divers

Pour nous autres Hiboux, aliment nécessaire;

Au Loir, tout comme nous, tendre objet de ses soins,

Ce Dieu donna les fruits pour toute nourriture;

L'hiver n'en produit point : à défaut de pâture

Le sommeil y pourvoit : il n'a plus de besoins

Jusqu'au tems où Pomone enrichit la nature;

Quant à dame Hirondelle, il lui faut moucherons,

   Insectes, vers qui, dans chaque hémisphère,

     N'ont pour vivre que deux saisons;

   Mais les saisons font le tour de la terre,

   Et pour les suivre il faut passer les mers;

La belle mourrait donc sans l'instinct qui l'appelle

Vers ces lieux nourriciers où la porte son aile

En traversant deux fois le vaste champ des airs.

Sachons nous contenter de l'état où nous sommes,

Plus sages en cela que la plupart des hommes.

~~~~~~

FABLE XCV.

LE RAT PRÉSOMPTUEUX.

Un jeune Rat cherchant sa vie,

Novice encore en son métier,

Parvint un jour dans un grenier,

Attiré par l'odeur de mainte épicerie,

De fromages, de lard, de suif et cœtera.

— Oui, le proverbe est vrai, qui cherche trouvera,

Dit-il, j'en vois la preuve et, grâce à mon enquête,

Je crois que pour long-tems ici ma table est prête :

Que de mets à choisir ! mon unique embarras

Sera de varier chaque jour mes repas ;

En parcourant des yeux les nombreuses tablettes

Du riche magasin qu'il vient de découvrir,

Il aperçoit deux maisonnettes,

L'une en haut, l'autre en bas, mises là pour offrir

A lui Rat, sans nul doute, une retraite sûre

    Contre les chats, si, d'aventure,

Quelqu'un d'eux pénétrait dans ce charmant réduit;

Que de grâces, vraiment, n'aurai-je point à rendre

Au maître de céans, pouvait-il mieux s'y prendre

Pour faire le bonheur d'un être aussi petit,

A coup sûr, ces maisons sont faites pour ma taille,

Car nul autre que moi ne pourrait s'y loger;

Grillage au fond pour veiller au danger;

Rien n'y manque. A l'instant une odeur de volaille

Dont un morceau friand garnissait le crochet,

Principal instrument de chaque trébuchet,

Aiguillonne la faim qui déjà le tourmente;

Il entre, s'en saisit; mais, contre son attente,

    La trappe tombe, alors il reconnut

Que sa présomption allait causer sa perte,

Et que cette prison n'était restée ouverte

    Que pour son dam et non pour son salut.

Un valet qui survient confirme sa pensée,

En le voyant suivi d'un énorme matou:

Ma sentence de mort, dit-il, est prononcée:

Je me croyais heureux et je n'étais qu'un fou.

Le valet remarquant la trappe détendue,

Certain que de gibier la ratière est pourvue

La prend, puis la secoue et jette notre rat

Disloqué, tout meurtri, sous le griffes du chat.

Jeunes présomptueux que la leçon vous serve ;
Vous fait-on grand accueil, soyez sur la réserve.

FABLE XCVI.

LES DEUX CHAUVES.

———•—•—•———

Deux Vieillards à crânes chenus
Et par la faux du tems complétement tondus,
L'un vers l'autre, à pas lents, cheminaient dans la rue,
Quand un petit paquet vint s'offrir à leur vue;
Le plus près se hâtant se baisse et le saisit,
   Comptant bien seul en avoir le profit;
Mais le second prétend avoir droit au partage:
— J'allais, dit-il, un seul instant plus tard,
   Le ramasser, et j'ai, suivant l'usage,
   Crié très-haut que j'en retenais part :
   Ma proposition n'a donc rien que de sage.
Grand débat : de l'injure on en venait aux coups,
Lorsqu'un passant leur dit : amis, vous êtes fous,
De disputer ainsi, sans voir si la trouvaille

Est d'un prix assez grand pour valoir la bataille ;
Donnez-moi le paquet que je l'ouvre à vos yeux...
Il contenait un peigne inutile à nos vieux :
En voyant cet objet de leur vive querelle,
Les Vieillards, les premiers, en rirent de bon cœur,
Puis, d'un commun accord, et sans lutte nouvelle,
Le peigne fut offert au pacificateur.

Combien voit-on de gens commencer par se battre
Avant de s'expliquer ; tout au moins trois sur quatre.

FABLE XCVII.

LE COLON ET SON NÈGRE.

On cite comme un fait constant
Qu'un habitant de l'île de Cayenne,
Aimant fort à pêcher, se procurait souvent
Cet innocent plaisir après sa méridienne.
Il fait donc, un beau jour, préparer un canot,
Presse ses gens; dans son impatience,
Il craint de ne pouvoir arriver assez tôt.
Enfin, tout étant prêt, dans la barque il s'élance;
Il est suivi d'un Nègre adroit et bon rameur,
Hardi dans le danger et vigoureux nageur.
Les voilà loin du bord et près de l'embouchure
Du fleuve sur lequel ils se vont exercer :
— Arrêtons, dit le Maître, il nous faut commencer;
Car tout en ce moment est du meilleur augure :

Ils se mettent en train et vraiment l'on eût dit

Que ce jour les poissons redoublaient d'appétit ;

Mais jamais on ne vit de pêcheurs plus avides ;

Ils en voulaient toujours, quand les eaux moins rapides

Du fleuve comprimé par le flux ascendant

Indiquent qu'il est tems de gagner le rivage.

— Maître, falloir partir, ne pas être prudent

    De rester long-tems davantage ;

Le vent souffler pas fort, si lui souffler plus haut,

Maître et moi pas trop bien dans ce petit canot.

— Tu peux avoir raison et je crois que la fuite

Est le plus sûr moyen d'éviter la poursuite

Du flot que trop long-tems nous avons attendu.

— Moi, bons bras, rattraper bientôt le tems perdu ;

Il l'espérait au moins ; mais la barque légère

Est le jouet des vents et du flux irrité

De trouver un obstacle à sa marche contraire ;

Le Nègre en vain recourt à son agilité,

    A sa vigueur, à son adresse,

Il ne peut se soustraire au danger qui le presse,

Et le canot chavire avec maître et valet.

Le premier nageant mal à son aide appelait,

Tandis que l'Africain ne perdant point la tête,

Bravait, en se jouant, les flots et la tempête :

Le Maître lui criait, si tu sauves mes jours,

J'y mettrai tout le prix que vaut un tel secours ;

Ces mots s'entendent là tout aussi bien qu'en France,

Et le Nègre au Colon vient prêter assistance.

— Vous tenir, lui dit-il, ceinture à moi bien fort,

Et moi penser pouvoir vous mener jusqu'au port,

En effet l'espérance est du succès suivie,

Les voilà sur la plage où, tombant à genoux,

Le Maître dit au Nègre, oui, je te dois la vie,

Je ne suis point ingrat, tiens, reçois ces dix sous.

Le Nègre en souriant de la parcimonie,

Prend la pièce, la serre, et, d'un ton d'ironie :

— Moi content, voir que nous valoir plus que les blancs,

Car Maître vaut dix sous, quand moi deux mille francs !

Si chacun d'eux, un jour, parvenait à le croire,

Je craindrais pour les blancs ces hommes à peau noire.

FABLE XCVIII.

LE DANGER DE L'OBSTINATION.

———

Le Chat d'une dévote et partant gros et gras,
Mollement étendu, reposait sur ses bras,
Lorsqu'il entend un bruit sortant d'une cassette
Où la dame avec soin déposait en cachette
Des bonbons destinés... Un conteur indiscret
Dirait à qui; mais moi j'en garde le secret;
Je dirai seulement qu'un gros rat très-alerte,
Ayant fait du dépôt l'heureuse découverte,
Et trouvé le moyen d'y pénétrer sans bruit,
Tout fier de son succès en recueillait le fruit.
Le Chat est aux aguets; la dame confiante
En son adresse à prendre les souris,
Entr'ouvre le couvercle et, contre son attente,

Le rat s'élance et fuit les griffes de Mitis

Qui, honteux de sa faute et bouillant de colère,

S'en va le poursuivant jusque dans le grenier.

Tout près d'être saisi, le rat, en sa misère,

Trouve un asile où, bien que prisonnier,

Il se voit à couvert et des dents et des pattes

    De l'ennemi dont l'œil étincelant

       Le menace, mais vainement.

— Pauvre sot, dit le Rat, bien à faux tu te flattes

    De me croquer, je me moque de toi;

Je suis en sûreté, retourne-t-en, crois-moi :

Il était dans un trou qui n'avait pas d'issue :

Mais dont la profondeur pouvait le garantir

Des atteintes du Chat qui le gardait à vue;

Le fâcheux était donc de n'en pouvoir sortir :

Le jour passe, et la nuit faisant place à l'aurore,

On les voit obstinés à se guetter encore;

Le Rat avait raison, il tremblait pour ses jours;

Mais le Chat n'avait rien à craindre pour sa vie,

Et c'était par orgueil qu'il tenait la partie :

On a beau l'appeler, il persiste toujours

A rester ferme au poste; en vain la faim le presse,

Le Rat de son côté sent défaillir son cœur;

Et nos deux champions expirent de faiblesse :

L'estomac ne vit point de colère ou de peur.

Tels on voit deux plaideurs qui, par pure malice,

Repoussent tous moyens de se mettre d'accord ;

Ils aiment les procès, mais bien souvent la mort

Prévient le jugement qu'eût rendu la justice.

FABLE XCIX.

LE LION ET LE CHEVAL.

Au tems d'Ésope, un Lion déjà vieux
Causant un jour avec l'Ours son compère,
Vantait fort les exploits de ses premiers aïeux
    Et sa noblesse héréditaire.
L'Ours qui, souvent, avait part au gâteau,
Applaudissait du bout de son museau,
Quand un cheval, hérissant sa crinière,
La tête haute et le feu dans les yeux,
Voulant venger la classe roturière,
S'adresse d'un ton ferme au monarque orgueilleux :
— Vos pères, dites-vous, se sont couverts de gloire?
    Cela se peut et je veux vous en croire;
Mais vous, qu'avez-vous fait? en quelle occasion
Avez-vous soutenu leur réputation?

Ils étaient respectés ; on vous hait, on vous chasse ;

Vous fuyez dans les bois, inquiets et tremblans

    Au moindre bruit qui vous menace.

Est-ce ainsi que vivaient vos illustres parens ?

Mais l'homme était alors ignorant et sauvage,

Né faible et sans défense, il leur était aisé

De le vaincre ; à leurs coups qu'aurait-il opposé ?

La nature en ces tems leur donnait l'avantage ;

Ces tems sont loin de nous. Contre leurs ennemis,

Dans le commun danger, les hommes réunis

N'ont que trop profité du don de la parole

Et de celui des mains dont ils font, au besoin,

Mille instrumens de mort qui vous frappent de loin

Aussi prompts que l'éclair et que les vents d'Éole ;

    Au lieu de fuir comme autrefois,

C'est pour eux maintenant un jeu de vous atteindre,

Et des meutes de chiens se pressant à la fois,

Vous livrent au chasseur qui n'a plus rien à craindre ;

Vaut-il pas mieux alors de l'homme être l'ami

    Que de l'avoir pour ennemi ?

Reconnaissez ses droits, avouez sa puissance,

Partagez avec lui la gloire des combats,

Et, de vos fiers aïeux rappelant la vaillance,

Vous vous illustrerez en marchant sur leurs pas.

— Quoi ! répond le Lion, je deviendrais esclave !

Moi qui, jusqu'à présent, n'ai point connu d'entrave!

— Pardon, sur vos sujets vous régneriez toujours,

Et l'homme, votre ami, vous prêterait secours

Contre les animaux qui vous feraient la guerre ;

Réunis, vous seriez les maîtres de la terre.

Mon père, comme vous, aimait la liberté,

Impatient du frein qui blessait sa fierté,

Il lui prit, un beau jour, la sotte fantaisie

De rompre son licou, de fuir de l'écurie,

Croyant que dans les bois son sort serait plus doux :

Il n'y fut pas plutôt qu'il fut mangé des loups.

L'exemple m'a servi, je suis resté fidèle

A l'homme en qui je peux trouver un sûr appui ;

Je l'aide en ses travaux, je le sers avec zèle,

Il veille à mes besoins, je suis heureux par lui :

Cela dit, le Cheval fait une caracole,

Et partant au galop regagne son logis ;

Mais après son départ, l'Ours prenant la parole,

Détourne le Lion de suivre ses avis.

Le tems ne tarda point à punir sa faiblesse ;

Des regrets, mais trop tard, l'en vinrent avertir ;

D'un Lion, son voisin, dédaignant la jeunesse,

Il se croyait trop fort pour craindre l'avenir ;

Mais l'âge, en sens inverse étendant son empire,

Rendit le jeune actif, ardent, ambitieux,

Ne rêvant que combats, et qui, dans son délire,

Résolut d'usurper le trône du plus vieux ;

Il l'attaque, le bat, le vaincu se retire,

Et, faute de secours, abandonne l'empire

Qu'il eût pu conserver étant moins orgueilleux.

C'est ainsi qu'on a vu tel ou tel petit prince

Refuser de s'unir à plus puissant que lui ;

Qu'en est-il résulté ? que de telle province

Il s'est vu dépouillé faute de cet appui.

FABLE C.

LA MANDRILL ET SES PETITS.

Une pauvre Mandrill ayant eu deux petits

Prit soin de leur jeunesse en bonne et tendre mère ;

Et tout en leur donnant les plus sages avis,

Elle y joignait toujours l'exemple salutaire.

Ces petits en croissant demandaient plus de soins ;

Car il fallait pourvoir à de plus grands besoins ;

Mais ayant hérité d'un modique domaine

Inculte, abandonné, ne donnant presque rien,

Elle et ses deux enfans travaillèrent si bien

Que l'aisance, à son tour, vint remplacer la gêne.

Sentant le poids de l'âge et voulant éviter

    Tout débat sur son héritage,

  De son vivant elle en fit un partage

Qui ne laissait sur rien matière à disputer.

Tranquille sur ce point, elle voit sans faiblesse
Le but que doit bientôt atteindre sa vieillesse;
   Elle y touchait, et ses derniers momens
Sont encor tout entiers donnés à ses enfans.
Ils avaient jusque-là vécu toujours ensemble;
Mais chacun veut jouir du bien qu'il a reçu,
   Et diriger, ainsi que bon lui semble,
Le lot qui par le sort lui sera dévolu.
L'aîné se conformant aux avis de leur mère,
Resta sage, économe, et sobre en ses plaisirs;
Mais le cadet n'imitant point son frère,
Ne savait réprimer aucun de ses désirs.
Il lui fallait toujours des amis à sa table
Et des mets recherchés suivant chaque saison;
Aussi, que de motifs pour le trouver aimable,
Entre son frère et lui quelle comparaison!
— C'est un ours, disait l'un, qui dort, mange et respire,
Et croit, pour être heureux, que cela doit suffire.
   Grand bien lui fasse et chacun, là-dessus,
D'avaler, en riant, quelques morceaux de plus.
Tout allait bien alors, mais le demi-domaine
Épuisé, dépouillé de ses fruits même verts,
N'offrant plus rien du cru, le prodigue avec peine
Entrevoit le tableau de ses banquets déserts.
   Cet avenir prochain ne le rend pas plus sage,

Il recourt aux emprunts qu'il faudra rendre un jour ;

N'importe, le présent l'occupe davantage

Et de nouveaux rongeurs il augmente sa cour.

Le jeu vint se mêler à ses autres folies,

(On n'avait point encor celle des loteries)

Il n'y fut pas heureux. Cependant le prêteur

Ayant bien calculé la valeur du domaine

Et prévoyant que sa vente prochaine

Serait son seul recours, pressait le débiteur

De rembourser au moins la plus ancienne avance.

— Laissez-moi donc en paix, lui répond celui-ci,

Je médite un projet qui, j'en ai l'assurance,

Pourra me libérer avant deux jours d'ici ;

Le projet s'exécute et droit à la rivière

Le fou va se jeter la tête la première.

C'est ainsi qu'il paya ce qu'il pouvait devoir.

Mais le prudent aîné, sur ses économies,

Acquitta du cadet les funestes folies

Et fut seul possesseur du paternel manoir.

Quelqu'un a dit, et c'est, je crois, Voltaire :

Le singe est né pour être imitateur ;

On le voit bien ici, car l'un et l'autre frère

A fait comme chez nous : l'un fut dissipateur,

Et chez nos jeunes gens il trouva des modèles ;

Combien ne voit-on pas de ces folles cervelles

Ayant tout dissipé, perdu jusqu'à l'honneur,

    Qui n'ont pour se tirer d'affaire

    Qu'un pistolet ou la rivière ;

L'autre plus sage a doublé son avoir,

    Chez nous, de même, il a pu voir

Que l'amour du travail, l'ordre et l'économie

Offrent un moyen sûr au jeune homme sensé

De goûter le bien-être au printems de la vie

Et de se voir heureux dans un âge avancé.

ÉPILOGUE.

La vieillesse est causeuse, elle aime à raconter,

On lui pardonne un peu de bavardage;

Mais on se lasse d'écouter

Vieillard qui n'est pas assez sage

Pour savoir à point s'arrêter :

Je borne donc ici mon trop long radotage,

J'ai pris plaisir à le dicter,

J'en conviens sans rougir, car on peut à mon âge.

Viser au but et le mal ajuster.

FIN.

Marchais   Lith. de Mantoux, rue du Paon. N°1.

TABLE.

FIN DE LA TABLE.

www.ingramcontent.com/pod-product-compliance
Lightning Source LLC
Chambersburg PA
CBHW050204030726
47505CB00005B/1513